James Houston

Flußläufer

Aus dem Amerikanischen
von Thomas Lindquist

C. Bertelsmann

Die Originalausgabe erschien unter dem Titel »River Runners«
bei Atheneum, New York. »A Margaret K. McElderry book«

1. Auflage
C. Bertelsmann Verlag GmbH, München 1989

Aus dem Amerikanischen von Thomas Lindquist
Schutzumschlag von Pieter Kunstreich
Zeichnungen von James Houston
Karte von Heinz Bogner
Druck: Presse-Druck Augsburg
ISBN 3-570-20004-3 · Printed in Germany

Für John Knight, meinen Patensohn,
für seine Mutter und seinen Vater.

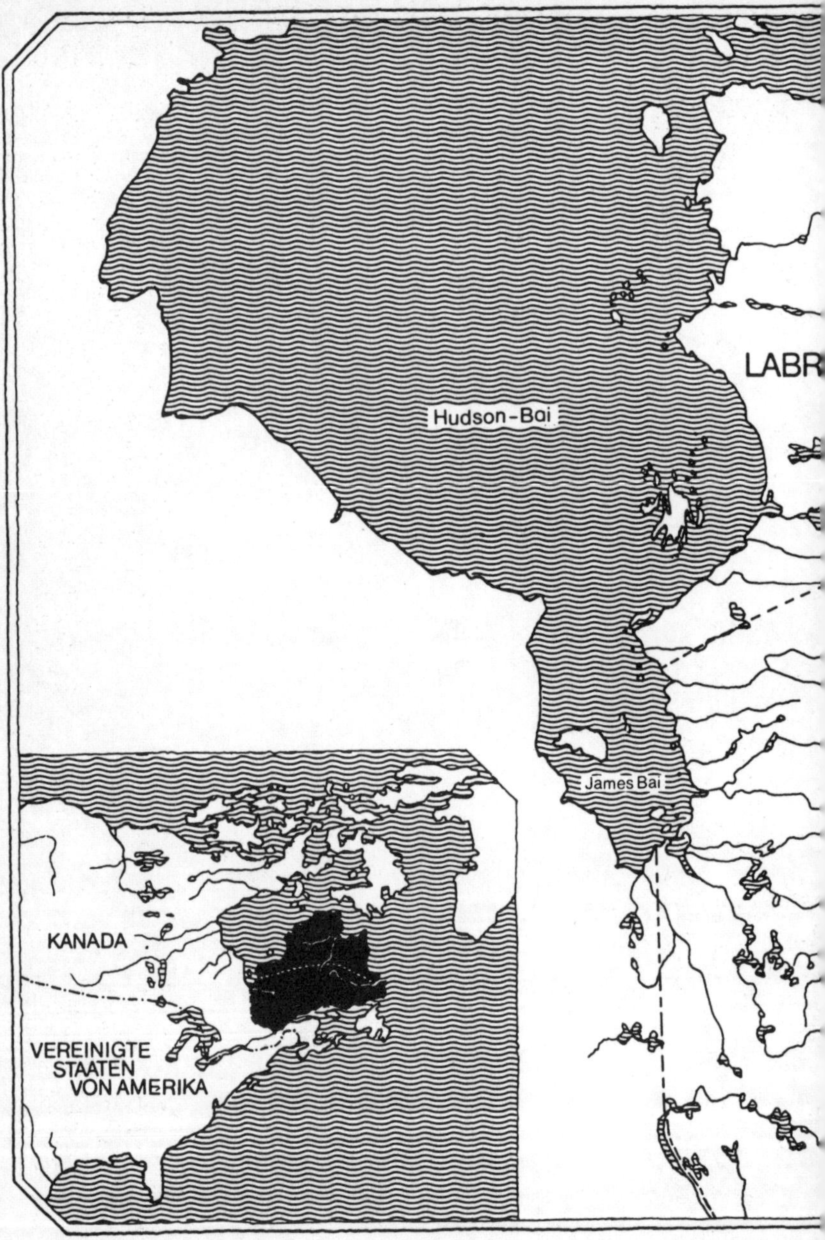
LABR
Hudson-Bai
James Bai
KANADA
VEREINIGTE
STAATEN
VON AMERIKA

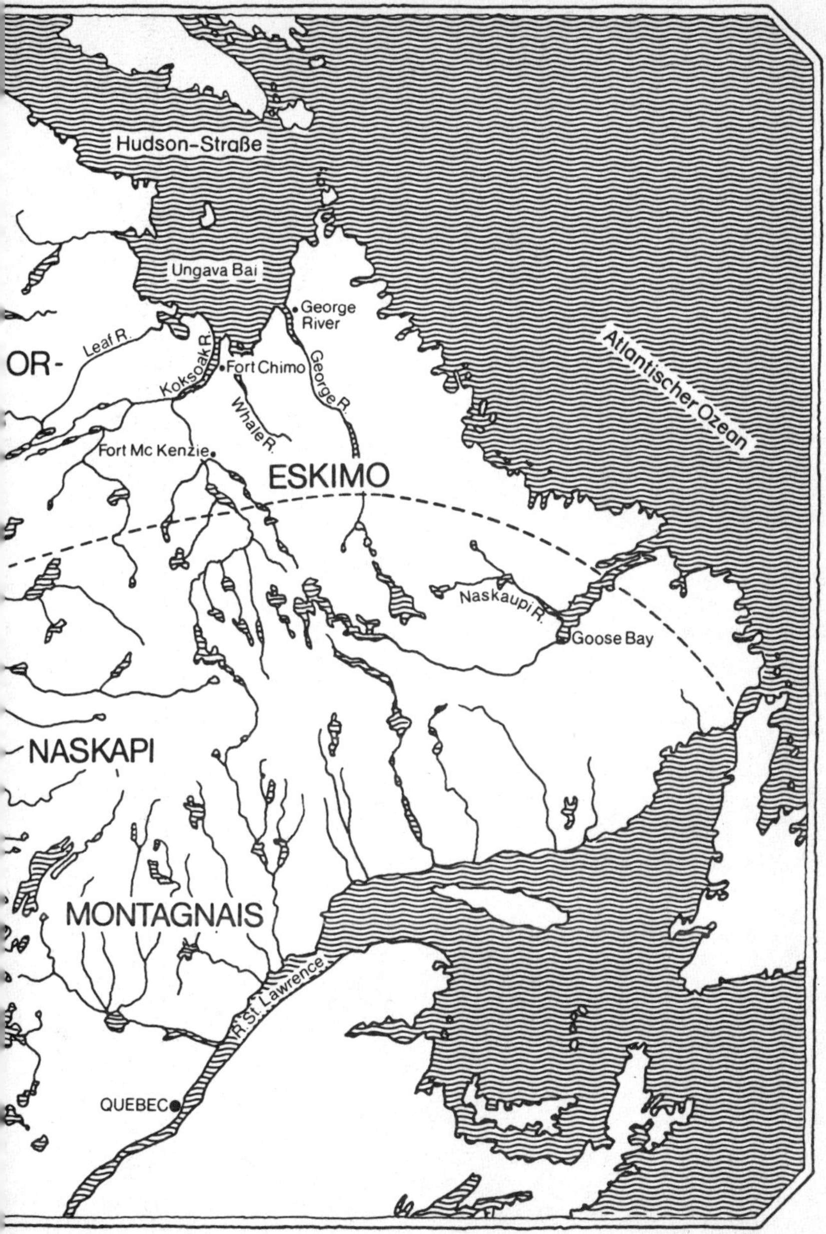

Hudson-Straße
Ungava Bai
George River
Leaf R.
OR-
Koksoak R.
Fort Chimo
George R.
Whale R.
Atlantischer Ozean
Fort Mc Kenzie
ESKIMO
Naskaupi R.
Goose Bay
NASKAPI
MONTAGNAIS
R. St. Lawrence
QUEBEC

Die Naskapi – das heißt soviel wie »wildes Volk« – leben an den ungezähmten Flüssen, die durch die schweigenden arktischen Wälder und offenen Tundren der kanadischen Staaten Quebec und Labrador nach Norden strömen. Sie zählen nur noch weniger als zweitausend Seelen und sind einer der geheimnisvollsten Stämme Nordamerikas.

Dieser Bericht handelt von Ereignissen, die sich vor einigen Jahren tatsächlich zutrugen, als ein junger Naskapi und sein weißer Freund, zusammen mit einer Familie aus dem Inland, einen verzweifelten Kampf ums Überleben bestanden.

James Houston
Fort Chimo, 1978

Allein auf dem Eis

Andrew hörte das aufgeregte Scheppern der Schiffsglocke – und die Antwort, klang-klang-klang, drunten aus dem Maschinenraum. Er hörte die Doppelschraube des Schiffes ratternd in den Rückwärtsgang schalten. Ein heftiges Rumpeln fuhr durch den Schiffsrumpf, vom Mast bis zum Kiel. Fast wurde Andrew aus seiner Koje geschleudert, als das Schiff gegen etwas Hartes krachte. Einen Moment herrschte ängstliche Stille, dann hörte man Schreie und das Getrappel rennender Füße.

Andrew sprang hinunter und rüttelte seinen Reisegenossen in der anderen Koje wach. Er schlüpfte in seine Sachen und stieß die Kajütentür auf. Er spähte über das kühle Deck – und sah dickes Packeis. Von allen Seiten schloß es sie ein. Andrew konnte nicht fassen, daß dies der Sommer in Labrador sein sollte. Er zog die Kapuze seines Parkas hoch, um sich gegen den scharfen Wind zu schützen. Über den Bugspriet des kleinen Kutters, hinter den blauen Zacken zerklüfteter Eisschollen, sah er einen felsgrauen flachen Küstenstreifen, anscheinend ohne Baum und Strauch. Der Kapitän, der Schiffsingenieur und beinah die ganze Mannschaft standen an der Reling und starrten hinunter zu der Stelle, wo der Schiffsrumpf das Eis gerammt hatte.

»Eine fürchterliche Delle, Sir«, brüllte der Ingenieur, während der Kapitän die Leiter zum Ruderhaus hinaufkletterte. »Ohne die dicken Stahlplatten am Bug würden wir jetzt absaufen.«

»Gehen Sie hinunter«, rief der Kapitän dem Ingenieur zu, »und sehen Sie nach, ob an den Schweißnähten der Platten ein Leck entstanden ist.«

Andrew legte die Finger über Kreuz, das sollte Glück bringen.

»Wir nehmen nicht allzuviel Wasser über«, rief der Ingenieur hinauf. »Aber wir werden die Pumpen einsetzen müssen.«

Andrew stieß erleichtert die Luft aus.

Knapp über dem Eis schimmerte die Morgensonne durch einen purpurroten Dunstschleier. Andrew blickte zum Ausguck an der Spitze des kurzen Stahlmastes hinauf. Dort oben deutete Mr. Smithers, der Erste Maat, nach vorn und legte die Hände trichterförmig an den Mund. Er rief dem Kapitän etwas zu. »Das Eis öffnet sich einen Spalt breit, Sir. Vor der Flußmündung sehe ich schwarzes Wasser. Die Morgenflut bricht auf.«

»Können Sie irgendwo das Boot entdecken?« brüllte der Kapitän zu ihm hinauf.

Andrew beobachtete den Maat, wie er mit seinem starken Fernrohr die Küste absuchte, vor allem rund um die Flußmündung.

»Nein, Sir«, antwortete der Maat. »Ich sehe nichts als Eis und Felsen . . . Höchstens die senkrechte Stange dort im Fluß, das könnte der Mast sein. Wahrscheinlich ist's aber nur ein abgestorbener Baum. Wenn es das Boot des Handelspostens wäre, würden sie sich schon längst einen Weg durchs Eis bahnen.«

»Machen Sie alles klar, Mr. Smithers. Ich werde das Schiff langsam gegen das große Eisfeld dort vorn bugsieren. Dann wird sofort die Fracht für diesen Handelsposten gelöscht. Ich hab keine Lust, wieder in dieser trostlosen Hölle mitten im Treibeis festzusitzen – wie voriges Jahr.«

»Ay, ay, Sir, Sie haben recht. Eine gefährliche Gegend, die Ungava Bay. Und die höchste Flut auf der ganzen Welt, die ist drüben in der Leaf Bay.«

»Werfen Sie auch einen Blick auf die Gezeitentabelle, Mr. Smithers. Und halten Sie die Eishaken zum Festmachen bereit. Hören Sie mich?« schrie der Kapitän.

»Ay, Sir, ich höre! Die Fracht wird gleich draußen sein. Aber was ist mit dem Handelsgehilfen?« rief der Maat dem Kapitän zu.

»Der Gehilfe? Der Gehilfe? Tja – der soll, verdammt noch mal, von meinem Schiff verschwinden. Soll er sich draußen aufs Eis setzen, zu den Waren für seinen Handelsposten. Er gehört ja zu dieser Firma, nicht zu mir. Soll er doch warten, bis sie mit ihrem Boot kommen und ihn holen. Los, Mr. Smithers, Sie drücken dem Jungen eine schöne rote Signalflagge in die Hand, damit er um Hilfe winken kann. Rasch, nun *machen Sie schon*! Hören Sie mich, Mr. Smithers? Ich mißtraue dem Eis und dem Wetter hier in der Ungava Bay.«

Bei diesen Worten turnte der Maat geschwind die Sprossenleiter vom Ausguck herab. Andrew hörte herzklopfend zu.

»Aber, Sir, wenn Landwind aufkommt, wird dieser Eisblock bis nach ... Gott weiß wohin treiben. Eine kleine Flagge wird dem Gehilfen nicht viel nützen. Er ist doch noch ein Junge. Ich finde, wir sollten ihm etwas zu essen mitgeben.«

»Etwas zu essen?« brüllte der Kapitän. »Er hat tonnenweise zu essen, dort auf dem Eis. Soll er sich mit dem Proviant des Handelspostens vollstopfen, nicht mit meinem! Kümmern *Sie* sich um das Löschen der Fracht, Mr. Smithers. Ich kümmere mich um das Denken, jedenfalls solange ich der Herr auf diesem Schiff bin. Wo zum Teufel bleibt mein Frühstückstee?« Der Kapitän verschwand im Ruderhaus und schlug die Tür hinter sich zu.

Der Erste Maat, ein rothaariger Mann aus Liverpool, kam über das Deck gelaufen und blieb bei Andrew stehen.

»Manche von diesen Frachterkapitänen sind gar zu geizig, das schwöre ich dir!« flüsterte er. »Schätze, du hast gehört, was er über dich sagte. Da kann man nichts machen. Komm, Junge, hilf mir die Waren ausladen. Das Schiff fährt dann zunächst zu den anderen Pelzhändlern und versucht später, wenn das verfluchte Eis verschwunden ist, noch einmal nach Fort Chimo zu kommen. Sag deinem Chef einstweilen, daß wir uns mächtig anstrengen werden, nächsten Monat wiederzukommen und seine Pelzballen abzuholen.

Aber zieh dir die dicksten Socken an, und alles, was du

an warmer Unterwäsche hast – auch Handschuhe, Mütze, Pullover: alles! Und nimm Streichhölzer mit. Vielleicht mußt du ein Signalfeuer machen. In der Nacht wird's auf dem Eis draußen bitter kalt.«

»In der Nacht?« rief Andrew erschrocken. »Glauben Sie wirklich, der Kapitän will mich mitsamt den Waren auf diese schwimmende Eisscholle rauswerfen und wegfahren?«

»So hat er's gesagt, und so wird er's machen. Letztes Jahr saßen wir vierzehn Tage in diesem tückischen Eis fest und hätten beinah das Schiff verloren. Der alte Skipper wird aufpassen, daß so was nicht noch mal passiert. Ne, nicht wenn er etwas dagegen tun kann!«

Es waren beinah zwanzig Tonnen Waren, die für Fort Chimo bestimmt waren, und die Mannschaft ließ alles vorsichtig an dicken Seilen aufs Eis hinab. Andrew stand neben dem Ersten Maat und kontrollierte die Nummern auf jedem Ballen und jeder Kiste. Dann erst unterzeichnete er die Formulare, die den ordnungsgemäßen Empfang der Fracht bestätigten.

Der Maat wußte nicht, daß Andrew noch nicht sechzehn Jahre alt war. Niemand hätte es erraten, denn er war groß und hatte ein Gesicht voller Selbstvertrauen. Und wenn er ging, wiegte er sich in den Hüften, wie es erwachsene Männer tun. Andrew hatte braunes Lockenhaar, nicht lang, aber auch nicht kurz; er hatte eine energische gerade Nase, graue Augen und ebenmäßige Zähne. Seine kräftigen Hände und seine breiten Schultern ließen ihn stark und geschickt erscheinen. Andrew wußte gar nicht, daß er solche Eigenschaften besaß. Er war noch immer schüchtern und unbeholfen, und wenn er zufällig am Spiegel vorbeiging, vermied er, sein Ebenbild anzusehen. Auch gab er sich Mühe, nicht über alle möglichen Sachen zu stolpern, die ihm im Weg zu liegen schienen. Aber das würde sich mit der Zeit schon geben, hatte seine Mutter gesagt.

Die vier Matrosen, die unten auf dem Eis beim Ausladen geholfen hatten, kletterten jetzt steifbeinig über die Leiter an Bord.

Der letzte, der sich über die Reling schwang, sagte schaudernd zu Andrew: »Heute nacht werde ich dich nicht beneiden.«

Ralph, mit dem Andrew die Kabine geteilt hatte und der ebenfalls als Handelsgehilfe in den Norden reiste, schüttelte ihm feierlich die Hand und flüsterte: »Falls der Kapitän auf die Idee kommt, mich vor Kovik auf dem Eis abzusetzen, werde ich sofort den Dienst bei meiner Firma quittieren, das schwöre ich dir. Ich werde kündigen und wieder nach Süden mitfahren. Mir graut vor all dem Eis.«

»Na, dann leb wohl, und viel Glück, mein Junge«, sagte Mr. Smithers und schüttelte Andrew die Hand. »Mach dir einen schönen Sommer. Und hier, deine Signalflagge. Benütze sie fleißig. Und nun mach, daß du von Bord kommst. Wir alle hoffen, dich in einem Monat in Fort Chimo wiederzusehen – so Gott will. Hab keine Angst, ich werde dem Alten sagen, er soll mal tüchtig auf die Sirene drücken, damit diese Landratten aufwachen, falls sie dort hinten in der Bucht pennen.

Wir haben schon versucht, sie über Funk zu verständigen, aber heute sind zuviel statische Störungen im Äther.

Immerhin müßten sie einen Wachtposten aufgestellt haben. Sie wissen ja, daß wir um diese Jahreszeit kommen.«

Andrew stand zwischen den Kisten auf dem Eis und schaute zu, wie der Schornstein des Frachters schwarzen Rauch spuckte, während der Druck in den Kesseln stieg und die Doppelschrauben das Wasser zu eisiger Gischt aufwirbelten. Andrew hörte die Pumpen stampfen, und dann sah er auch die gewaltige Delle in der Stahlplatte am Bug, knapp über der Wasserlinie. Der Maat hielt Wort und ließ die Sirene dreimal mächtig aufheulen. Langsam schob sich der Frachter vor und zurück, bis er eine volle Wendung machte und Andrew das Heck zukehrte. Während das Schiff durch die Fahrrinne nach Norden dampfte, schwenkte Andrew seine Flagge. Ralph, sein Kajütengefährte, winkte zurück.

Andrew sah auf die Uhr. Es war Punkt 6.07 Uhr früh. Um sich warm zu halten, trabte er auf seinem Eisinselchen hin und her. Es war fast so groß wie das Schiff, das ihn hier abgesetzt hatte. Das Eis unter seinen Füßen mochte drei Meter dick sein.

Gegen Mittag kam ein kalter Wind auf, und Andrew stapelte Kisten und Ballen aufeinander, um sich einen Schutzwall zu bauen. Ganz oben machte er die Signalflagge fest, und sie flatterte über seinem Kopf, während er den sturmgepeitschten Wolken nachstarrte, die wie Pferdemähnen über den Himmel wogten.

Irgendwann kletterte er auf die größte Kiste und spähte zur Flußmündung hinüber. Ja, auch er sah jetzt den Mast des Bootes – vielleicht eine halbe Meile entfernt –, oder war es nur ein toter Baumstamm, der nadeldünn und reglos im Wasser vor der Küste stand? Er schien seine einzige Hoffnung. Noch nie im Leben hatte er sich so verlassen gefühlt.

Andrew versuchte, die Kälte und das driftende Eis zu vergessen. Er ließ seine Gedanken nach Süden schweifen, über die zugefrorene Bay, über die tausend endlosen Meilen der Wälder, Seen und Ströme von Labrador und Quebec. Er versuchte, an seine Mutter und seinen Vater zu denken, die wahrscheinlich schon von Montreal weggezogen waren, zurück in ihre Heimat Neu-England. Er fragte sich, ob Neu-England auch seine Heimat war. Er hatte schon an so vielen Orten mit seinen Eltern gewohnt. Er war in Edinburgh, in Schottland, geboren, war zuerst in Christ Church, Neuseeland, zur Schule gegangen, später in San Franzisco, und zuletzt, 1946, in Montreal. So war es eben, wenn man der Sohn eines internationalen Bankers war.

»Echte Schotten werden auch heutzutage nur in Schottland geboren«, hatte sein Vater stolz zu ihm gesagt. »Von dort müssen die Jungen aufbrechen und in aller Welt ihren Lebensunterhalt verdienen. Sie dürfen nicht zu Hause bleiben, wenn sie etwas werden wollen.« Auch der Vater hatte es so gemacht. Er hatte seine Heimat verlassen.

Und dann sagte der Vater noch: »Die Kanadier drängeln sich an der südlichen Grenze ihres Landes zusammen. So haben sie es seit jeher gehalten. Das war ein großer Fehler. Die Zukunft des Landes liegt im Norden. Die Amerikaner sagten früher: ›Junge, zieh in den Westen!‹ Heute aber müßte es heißen: ›Zieh nach Norden!‹ Das Land dort oben ist voll von unentdeckten

Schätzen. Aber man muß etwas riskieren, um sie zu finden. Man muß schwitzen und frieren!«

Na ja, dachte Andrew, hier würde mein Daddy einen Eispickel brauchen, um irgendwelche Schätze zu finden. Er wünschte sich, sein Vater könnte ihn jetzt sehen, wie er auf einer Eisscholle mitten im Meer nach Schätzen buddelte.

Es wurde Abend, der Himmel verfinsterte sich, und über seinem Kopf heulte der Wind. Zitternd kletterte Andrew noch einmal auf die große Kiste und spähte zum flachen dunklen Küstenstreifen hinüber. Er stieß einen Freudenschrei aus, denn er sah, daß der nadeldünne Mast sich bewegt hatte. Als er sich aber schützend die Hand über die Augen legte, mußte er entdecken, daß der Mast an der gleichen Stelle geblieben war. Nur das Eisfeld, auf dem er stand, war nach Norden abgetrieben – in die unermeßliche Weite der Ungava Bay.

»Hilfe! Hiiilfe!« brüllte Andrew und schwenkte seine Flagge nach dem dünnen Strich dort hinten – was es auch sein mochte, Baum oder Mast. Aber er wußte, daß seine Stimme ungehört verhallte.

Er fand einen Kasten mit der Aufschrift »Matrosen-Zwieback« und versuchte mit allen Mitteln, ihn aufzubrechen – aber vergeblich. Der Kasten war fest vernagelt und mit Stahlbändern gesichert. Jetzt nagte der Hunger in seinem Bauch, und die Nachtkälte kroch ihm durch die Kleider. Andrew vergrub das Gesicht in der Kapuze seines Parkas und kuschelte sich in den Windschatten der Kisten. Dann schlief er ein.

Andrew erwachte davon, daß er das Eis knacken hörte. Er zitterte am ganzen Leib – aber nicht vor Kälte. Er hatte das unheimliche Gefühl, daß er nicht allein war. Voller Entsetzen fuhr er hoch, als eine knochige, schwielige Hand sich um die Kante einer Kiste tastete. Die Finger spreizten sich schon, um ihn an der Gurgel zu packen. Andrew schrie vor Entsetzen auf. Er strampelte mit den Füßen und riß die Arme hoch, um sich zu wehren.

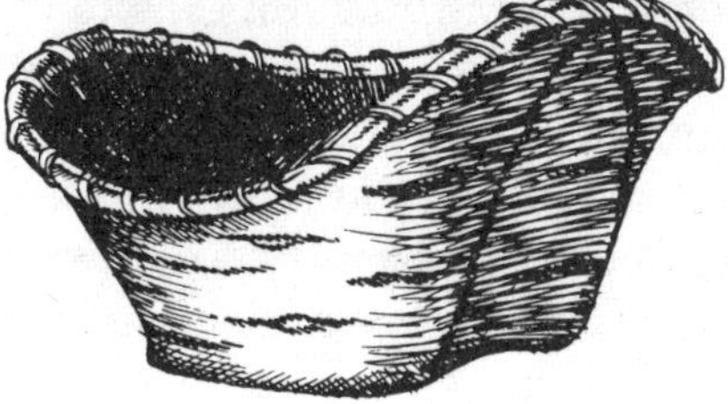

Ein schlechter Scherz

»Brauchst dich nicht vor mir zu fürchten, Junge«, sagte eine krächzende Stimme aus dem Halbdunkel. »Bin nur froh, daß wir dich munter und lebendig gefunden haben.«

Andrew lehnte sich gegen die Kisten. Allmählich fiel ihm wieder ein, wo er sich befand.

Und jetzt tauchte vor ihm ein breitschultriger Mann in zerschlissenem Parka auf. Er trug einen moosgrünen Südwester auf dem Kopf und kniehohe Stiefel aus Seehundsfell, die mit bunten Wollbändern verschnürt waren.

»Wohin ist nur der verdammte Kapitän verschwunden?« fluchte der Alte. »Wir haben hier einen Kranken, den wollten wir mit dem Schiff nach Hause schicken. Und – wo ist es?«

»Der Kapitän hatte Angst vor dem Eis«, sagte Andrew. »Er ist weggefahren und hat mich einfach mit der Fracht hier abgesetzt. Er hatte es eilig, sein Schiff in Sicherheit zu bringen.«

»Na, ist nicht deine Schuld, Junge. Nur schlimm, daß George nicht wegfahren kann. Aber jetzt sind wir da, um dich zu holen, mein Junge. Und natürlich die kostbare Fracht, die wir gleich mal in unseren Kutter verstauen wollen. Was für eine Menge Waren dieses Jahr!« staunte er. »Da wird höchstens noch oben auf dem Mast ein Plätzchen für dich frei bleiben.«

Andrew folgte dem ausgestreckten Finger des Alten und entdeckte ein kompaktes weißes Boot mit grüner Trimmleiste. Die kleine Einmastbark war an der Eisscholle vertäut, auf der sie standen. Ein untersetzter kräftiger Mann und ein magerer, hochgeschossener Junge waren schon dabei, die leichteren Kisten und Ballen in den Stauraum des Schiffchens zu stapeln. Aber da war noch jemand an Bord. Er hatte sich die Kapuze hochgezogen und die Hände tief in den Achselhöhlen vergraben. Er schaute zu, wie die anderen arbeiteten.

»Komm mit«, sagte der Alte, »du kannst uns helfen. Deine Eisinsel schwimmt sowieso in die falsche Richtung. Das Festland ist dort hinten. Gleich wirst du George kennenlernen, unseren Handelsgehilfen. Er ist auf dem Eis ausgeglitten und hat sich den Rücken verstaucht. Jetzt kann er keine schweren Lasten mehr heben, und manchmal kommt er morgens kaum aus dem Bett. Er ist kein guter Gehilfe, und er hat sich bei uns nicht wohl gefühlt. Mr. McFee, unser Faktor, wollte ihn nach Süden zurückschicken – aber nicht nur wegen seinem Rücken, sondern weil er nie einer von uns werden wird. Jetzt muß George leider warten, bis das Schiff wiederkommt. Aber ich warne dich«, flüsterte der Alte Andrew ins Ohr. »Seit George diesen kranken

Rücken hat, ist er immer schlechter Laune. Er ist rücksichtslos und manchmal direkt gemein zu uns allen. Er kann nichts dafür. Schätze, es sind die Schmerzen – und ich weiß nicht, wie lange er nun noch warten muß, bis er fort kann.«

Der Schnee knirschte unter ihren Stiefeln, als sie über das Eis gingen.

»Auf welchen Namen haben deine Leute dich getauft?« fragte ihn der Alte.

»Stewart, Sir. Andrew Stewart.«

»Hm, einen schönen Namen hast du. Was mich betrifft, ich komme von einer Insel der äußeren Hebriden. Vor langer Zeit hatten wir dort oben mal einen König versteckt, der Stewart hieß. Ja, haben wir. Dann haben wir ihn nach Frankreich in Sicherheit gebracht.«

Als sie beim Schiff ankamen, machte der alte Schotte Andrew mit den anderen bekannt: »Das ist Andrew Stewart, unser neuer Lehrling.«

Und dann erklärte er: »Das ist George, unser Handelsgehilfe.« Er deutete auf den jungen Mann, der sein abweisendes Gesicht tief unter seiner Kapuze versteckte.

George gab Andrew vorsichtig die Hand und starrte ihn kühl an.

»Dies ist Nakasuk«, sagte der Alte und nickte einem stämmigen kleinen Eskimo zu, der Andrew freundlich angrinste und ihm die Hand schüttelte. »Und der Junge hier, das ist Pashak. Er spricht sehr gut Englisch. Er ist ein Naskapi-Indianer, ich glaube, in deinem Alter. Und außerdem gibt's noch mich selber. Mein Name ist Angus McDougal, aber die meisten hier nennen mich einfach Dougal. Ich bin Schiffsbauer von Beruf, aber hier in Fort

Chimo geben sie mir nur die allereinfachsten Tischlerarbeiten.«

George, der Gehilfe, tat nichts, um sich nützlich zu machen. Er hakte nur die Waren auf einer Liste ab, in der Reihenfolge, wie sie an Bord kamen. Andrew staunte, wie rasch die Männer den ganzen Berg von fünfundzwanzig Tonnen Fracht auf dem nur zwölf Meter langen Kutter verstauten.

»Hopp, spring an Bord«, rief Dougal kurze Zeit später Andrew zu. »Jetzt darfst du deinem schwimmenden Eisblock good bye sagen. Rasch, sonst finden wir nie eine Durchfahrt in die Flußmündung.«

»Ach, laß dir von dem Alten nicht bange machen«, sagte Pashak. »Unser Nakasuk wird den Weg schon finden. Eskimos sind die besten Lotsen im Eis.«

Der alte Dougal war achtern in die Kajüte geklettert und hatte das schwere Messingschwungrad – einmal, zweimal, dreimal – gedreht, bevor die altersschwache Maschine ansprang. Nakasuk stand am Heck und hielt die Ruderpinne. Vorsichtig, zuerst nach Westen, dann nach Osten steuernd, bugsierte er das Boot zwischen den aufbrechenden Eisfeldern hindurch, während eine gewaltige, auf und ab wogende Flut in die Flußmündung drängte.

»Das ist der richtige Weg, so müssen wir fahren«, lachte Pashak und deutete stolz nach vorn. »Siehst du, Nakasuk hat ihn gefunden.«

Und wirklich, das Packeis war wie ein riesiges Puzzle aufgebrochen und gab eine tiefblaue Fahrrinne zwischen gefährlichen Eiszacken frei.

»Da – gleich sind wir in der Flußmündung. Jetzt sind

wir in Sicherheit«, rief Pashak. »Bist du schon einmal im Norden gewesen?«

»Nein«, sagte Andrew. »Ist es noch weit bis zum Handelsposten?«

»Ah, der Koksoak River ist ein großer Fluß«, antwortete Pashak. »Wir müssen noch einen halben Tag fahren, bis wir den Handelsposten erreichen. Es ist der Fluß meines Volkes, meine Heimat.«

»*Uvungalo*«, rief der Eskimo Nakasuk dazwischen.

»Jaja«, sagte Pashak lächelnd. »Nakasuk sagt, der Koksoak River ist auch *sein* großer Fluß. Zur Hälfte Naskapi, zur Hälfte Inuit, so könnte man diesen Fluß bezeichnen.« Träumend blickte er in die Morgensonne.

»Komm«, sagte Pashak dann. »Komm mit in den Maschinenraum, da ist es warm. Was du jetzt brauchst, ist eine Tasse von Dougals starkem Tee.«

Während Andrew seinen Tee schlürfte und einen Zwieback kaute, beobachtete er Pashak. Er war groß und schlank, sein Adlergesicht war von der Fühlingssonne tief gebräunt. Er hatte große schwarze Augen, mit denen er rastlos wie ein wildes Tier seine Umgebung musterte. Als Pashak merkte, daß Andrew ihn ansah, wandte er schüchtern den Kopf ab und versteckte sogar die zarten schlanken Hände in seinen weiten Ärmeln.

Der heiße Tee hatte Andrew richtig eingeheizt, und jetzt wurde er müde. Er schloß die Augen, aber Pashak rüttelte ihn und sagte: »Gefährlich, hier unten zu schlafen. Nicht genug Luft. Die giftigen Dämpfe könnten dich töten.«

Um frische Luft einzulassen, riß Dougal die Luke und das kleine runde Bullauge auf. Pashak aber führte

Andrew nach vorne zur Back. »Schlaf lieber hier unten in der Koje«, sagte er. »Ich habe ein Karibufell für dich. Es ist schön weich. Ich schlafe im Lagerraum auf den Kisten.«

Als Andrew in die enge Back kletterte, entdeckte er George, den Handelsgehilfen, der steif auf dem Rücken lag und schlief.

Andrew hörte Stimmen über seinem Kopf und erwachte. Er spürte, wie der Bug des Kutters leicht gegen eine Kaimauer stieß.

Pashak riß die kleine Falltür über der Back auf und rief: »Andrew, komm herauf! Sieh dir dein neues Zuhause an. Und wecke George auf. Rüttle ihn vorsichtig, sonst tut ihm sein Rücken weh.«

Andrew stieß George leicht an. Er schlug die Augen auf, kniff sie aber gleich wieder zusammen, als ob er starke Schmerzen hätte.

»Wir sind da«, sagte Andrew. »Wir sind in Fort Chimo.« Er streckte den Kopf aus der Back und blinzelte in die Nachmittagssonne. Das Boot lag bereits an einer langen schmalen, aus Balken gebauten Landungsbrücke vertäut, die zu einem weißen Gebäude mit leuchtendrotem Ziegeldach führte.

»Da drüben, das ist das Lagerhaus. Wir müssen die Fracht unter Dach bringen, bevor es regnet. Sonst verrosten uns die Gewehre, und das Mehl wird klumpig. Übrigens, das da oben ist das Haus des Faktors«, sagte Pashak. »Dort wirst du essen und schlafen. Und jetzt reiß dich zusammen. Siehst du den großen Mann dort oben? Das ist der Faktor, Alistair McFee. Da kommt er!«

flüsterte Pashak. »Steig aus und gib ihm höflich die Hand und sage hallo.«

Als der Faktor die Landungsbrücke erreichte, begann er wie wild mit einem großen blauen Taschentuch zu fuchteln.

»Soll ich zurückwinken?« fragte Andrew.

»O nein«, lachte Pashak. »Er winkt nicht wegen dir. Er will nur die Mücken verscheuchen. Die gibt's hier im Sommer in rauhen Massen.«

»Das merke ich«, sagte Andrew und fing im selben Augenblick an, nach den Mücken zu schlagen, die sich in surrenden Geschwadern auf ihn stürzten.

»Du bist also der neue Lehrling. Wie heißt du?« fragte der Faktor, als er Andrew begrüßte.

»Andrew Stewart, Sir«, sagte Andrew.

»Nun ja, ein ordentlicher Name«, sagte Alistair McFee. »Habt ihr George gut aufs Schiff verfrachtet?« rief er dem alten Dougal zu.

»Nein, leider nicht«, antwortete Dougal.

»Andrew hat ihn schon geweckt«, fügte Pashak rasch hinzu. »Er muß gleich kommen.«

»Wieso?« fragte Alistair McFee. »Wollt ihr mir etwa weismachen, daß George nicht aufs Schiff gegangen ist?«

»Nein, Sir«, sagte Andrew. »Das Schiff hat mich und die Waren auf dem Eis abgesetzt und ist weitergefahren, bevor das Boot kam.«

»Tut mir wirklich leid, George«, rief der Faktor. »Dieser Frachter hätte dich zu einem Eisbrecher bringen sollen, wo es auch einen Arzt an Bord gibt. Mit diesem Schiff hättest du nach Süden fahren können.«

»Mein Pech«, sagte George. »Trotzdem werde ich fahren, sobald sich eine Gelegenheit bietet. Wahrscheinlich kommt das Schiff wieder, um die Pelze abzuholen, sagt Andrew.«

Als George vorsichtig die Leiter hinaufkletterte, warf er Andrew wieder einen finsteren Blick zu.

Am Flußufer war inzwischen eine kleine Menschenmenge zusammengeströmt. Die eine Hälfte stand auf der nördlichen Seite der Landungsbrücke; sie waren klein und hatten breite braune Gesichter. Die Männer trugen Anoraks aus Segeltuch, mit roten, blauen oder grünen Borten verziert, und alle hatten sie knielange weiche Stiefel aus Seehundsfell an. Manche Frauen trugen lange Parkas, und viele hatten ihr Baby dabei, das aus ihrer Kapuze hervorlugte.

Auf der südlichen Seite der Landungsbrücke hockten Pashaks Leute, die Naskapi. Sie waren tiefbraun verbrannt; ihre Gesichter glänzten wie Mahagoni in der Frühlingssonne. Wenn sie miteinander sprachen, sah man ihre weißen Zähne blitzen. Aber auf diese Entfernung verstand Andrew natürlich kein Wort. Ihre Kleidung war dunkel und einfach, sie hob sich kaum von der Uferböschung ab. Wachsam kauerten sie am Boden und beobachteten jede Bewegung, ohne sich selbst zu bewegen. Sogar die kleinen Kinder schienen zu warten, reglos wie großäugige Puppen.

»Los, an die Arbeit«, sagte Pashak. »Morgen, Andruuu, kommst du mit zum Zelt meines Vaters. Du sollst meine Familie kennenlernen.«

Jetzt kamen die Eskimos und die Indianer ihnen in zwei getrennten Reihen auf der Landungsbrücke entgegen. Die Männer warfen sich schwere Mehlsäcke auf die

Schulter, sie schleppten Kisten mit Tee, Munition und Gewehren an Land, auch Ballen von Wolldecken, Spulen mit Schnur, Fässer voller Nägel und hunderterlei andere Artikel, genug für den Tauschhandel eines ganzen Jahres. Spät nach Mitternacht – aber es war noch hell – hatten sie endlich alle Waren im Lagerhaus untergebracht.

»Was sind das für Lichter dort drüben am anderen Ufer?« fragte Andrew, als sie die Arbeit geschafft hatten.

»Ach, das ist das Haus des konkurrierenden Handelspostens. *Wir* versuchen, alle Pelze zu bekommen. *Sie* versuchen, alle Pelze zu bekommen. Es ist ein französischer Pelzhändler. Später will ich dir mehr darüber erzählen.«

Und dann stand Andrew vor dem Haus des Faktors, für den er arbeiten sollte. Der Faktor führte ihn in ein kleines Zimmer neben der großen Wohnstube. »Hier wirst du wohnen, Andrew Stewart. Das Zimmer ist klein, aber dafür leicht in Ordnung zu halten. Damals, als ich als Lehrling in den Norden kam, rollten wir uns im Winter vor dem Ofen in eine Decke, und im Sommer schliefen wir draußen im ungeheizten Lagerschuppen. Da hast du es heute viel besser.«

Und dann, als sie wieder in der Wohnstube standen, sagte er: »Jetzt gibt's aber endlich ein Abendbrot. Komm, setz dich neben George.«

Der Karibubraten, den der Faktor aufschnitt, schmeckte wie saftiges Rindfleisch. Während des Essens schaute sich Andrew ein wenig um. Das Haus war geräumig, aber es hatte niedrige Zimmerdecken, um die Wärme besser auszunutzen. Die Fenster waren klein und gegen die Winterkälte doppelt verglast.

In diesem Haus gab es keinen Luxus, denn hier aßen und schliefen nur Männer. An den Fenstern gab es keine Vorhänge, auf dem Fußboden keinen Teppich. Es gab einen langen Tisch, stark und massiv wie eine Werkbank, und lange Sitzbänke zu beiden Seiten. Eine schweigsame Eskimofrau, die auf ihren weichen Seehundsfellstiefeln lautlos wie eine Katze durch die große kalte Stube schlich, hatte ein kunterbuntes Sammelsurium von Blechtassen und -tellern auf den Tisch gestellt.

»Bei einem ehrlichen Tauschhandel«, sagte Mr. McFee am anderen Morgen beim Frühstück zu Andrew, »gibt es keine Tricks. Du mußt nur wissen, was die Pelze wert sind und was die Waren kosten. Dann legst du deine Messingmarken auf den Tisch und fängst an.«

»Messingmarken?« fragte Andrew.

»Sie symbolisieren Geldsummen, aber sie verlassen niemals unseren Laden. Ein Jäger bringt zum Beispiel ein Bündel Felle, das fünfundsechzig Dollar wert ist. Also legst du fünf Zehndollarmarken auf die Theke und fünfzehn Eindollarmarken. Jetzt will der Jäger zwei Dekken kaufen, das Stück für fünfzehn Dollar. Du nimmst also drei große Marken weg. Seine Frau braucht Nadel und Zwirn, die zwei Dollar kosten. Du nimmst also zwei kleine Marken weg. Auf diese Weise weiß der Jäger immer, wieviel er schon ausgegeben hat und wieviel er noch gut hat. Für einen Mann, der nicht rechnen gelernt hat, ist das ein gutes System. Und wenn du erst die Preise unserer Waren und den Marktwert der Pelze kennst, brauchst du nur noch höflich und aufmerksam zu sein und den Handel ehrlich abzuwickeln. Dougal wird dir beibringen, die Pelze zu taxieren und den Wert der Körbe abzuschätzen, die die Frauen flechten.

Am besten solltest du gleich heute anfangen. Ich muß aber meine Buchhaltung machen, und Dougal muß den Pelzschuppen ausbessern. George ist ein erfahrener Gehilfe. Er wird dir am Anfang alles zeigen.«

Als Andrew in den Laden trat, drückte George ihm gleich einen Besen in die Hand und schaute zu, wie er den Boden fegte.

»Da kommen sie«, sagte Andrew. Auf dem Weg vor dem Haus hatte er fünf junge Naskapi-Jäger entdeckt.

»Du machst den Anfang und verhandelst mit den Leuten«, befahl George.

»Was soll ich ihnen denn sagen?« fragte Andrew.

»Hm.« George machte ein finsteres Gesicht. »Der eine Mann hat wahrscheinlich Otterfelle in seinem Sack, und ich habe gehört, daß er und sein Gefährte dafür ein Gewehr eintauschen wollen. Vor allem mußt du Pashak holen. Er wird für dich dolmetschen. Aber vergiß nicht, ein Otterfell ist zehn Dollar wert – und das Gewehr, das sie haben wollen, kostet hundert Dollar. Man braucht also zehn Otterfelle, um ein Gewehr zu kaufen. Du brauchst nur zehn große Marken auf den Tisch zu legen.«

George hatte recht. Der erste Jäger brachte tatsächlich Otterfelle mit. Er warf sie auf den Boden vor der Theke und untersuchte sorgfältig das Gewehr, das Andrew ihm reichte. Dann fragte er, wieviel Felle es kosten würde.

Pashak war inzwischen gekommen und übersetzte die Frage, und Andrew hielt zehn Finger empor. Er wollte schon anfangen, die zehn Marken auf die Theke zu legen.

»Zehn Otterfelle?« fragte Pashak. »Das ist zuviel. Du mußt dich irren.«

Andrew sah George an und fragte: »Zehn – ist doch richtig?«

George warf Andrew einen gelangweilten Blick zu und gab keine Antwort.

Andrew drehte sich zu Pashak um und sagte: »Ja, zehn Felle für dieses Gewehr.«

Stirnrunzelnd schüttelte Pashak den Kopf. Dann aber sagte er zu den Jägern, wie Andrew ihm aufgetragen hatte: »Zehn Felle.«

Der junge Jäger raffte seine Otterfelle zusammen und stopfte sie wütend in seinen Rucksack. Aufgeregt und mit schriller Stimme redete er auf die anderen Jäger ein und deutete zum französischen Handelsposten am anderen Ufer hinüber. Dann stürzten die Jäger alle gleichzeitig los. Pashak stieß einen Warnruf aus – aber zu spät. Andrew spürte, wie zehn kräftige Fäuste sich nach ihm ausstreckten und ihn mit einem Ruck über die Ladentheke zerrten.

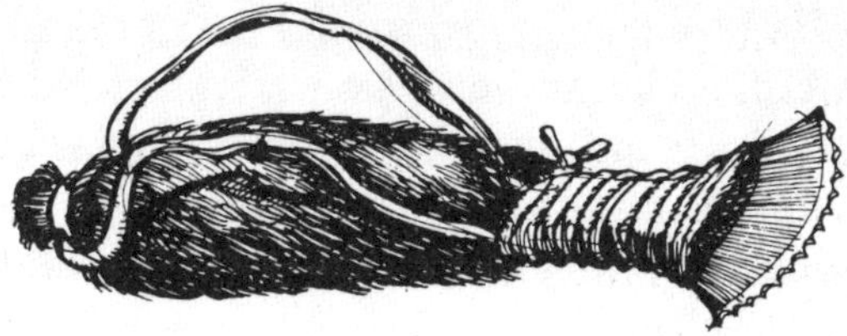

Pashaks Familie

Andrew wehrte sich mit aller Kraft, aber er brachte keinen Fuß auf den Boden. Die Ladentür flog auf, und er sah nur noch rennende Mokassins über die Erde fliegen, als die Männer ihn zum Fluß, auf die Landungsbrücke hinaus schleppten.

»Lügner!« brüllten die Jäger in ihrer Naskapi-Sprache. Dann stießen sie ihn mit einem kräftigen Ruck in die Luft.

Andrew spürte nur, daß die vielen Fäuste ihn endlich losließen. Er machte einen halben Salto und klatschte ins eisige Wasser des Koksoak. Er tauchte tief in die blauen Fluten. Verzweifelt strampelte er sich an die Oberfläche. Es war ihm, als ob seine Lungen platzten. Alle Fasern seines Körpers zogen sich in der stechenden Kälte zusammen. Und dann spürte er, daß die starke Strömung ihn mitriß.

»Lügner!« schrien die Jäger ihm nach. Dann drehten sie sich ärgerlich um und gingen weg.

Andrew merkte voll Entsetzen, wie die bleierne Last

seiner vollgesogenen Gummistiefel ihn in die Tiefe zog. Er holte Luft, tauchte unter und strampelte sich vom rechten, dann vom linken Stiefel frei. Als das geschafft war, versuchte er, ans Ufer zu schwimmen. Er versuchte es mit aller Kraft, aber die Strömung war zu stark. Jetzt geriet er in Panik.

»Andruuu! Andruuu!«

Am Ufer sah er Pashak rennen, und gleich hinter ihm den alten Dougal.

»Los, streng dich an, Junge! Schwimm ans Ufer!« rief der Alte ihm zu. »Streng dich an, fester, fester!«

Vielleicht hätte Andrew nie das Ufer erreicht, wenn Pashak ihm nicht die lange Zeltstange hingehalten hätte. Andrew packte sie und wurde sicher an Land gezogen.

»Armer Kerl. Du zitterst ja wie ein junger Hund. Zieh erst mal deinen triefenden Mantel aus und lege dir das da über die Schultern!« Dougal reichte ihm seinen Parka. »Kein Wunder, daß du frierst, nach so einem kalten Bad im Fluß. Laß dich ansehen, Andrew. Fehlt dir etwas? Sprich doch endlich, und hör auf, mit den Zähnen zu klappern. Das Eiswasser stellt komische Dinge mit den Menschen an. Manche kriegen einen Schock. Manchen bleibt das Herz stehen. Aber du wirst es, glaub ich, überleben. Du mußt dich nur ordentlich aufwärmen. Lauf ein Stückchen! Pashak kommt mit und paßt auf, daß du nicht hinfällst. Lauf zum Hause und zieh alles aus, was du am Leibe hast«, befahl Dougal, »und stell dich an den warmen Ofen.«

Barfuß humpelte Andrew über die Steine. »Am meisten ärgere ich mich über meine Gummistiefel!« rief er. »Sie waren nagelneu, und jetzt muß ich mindestens eine

Woche arbeiten, bis ich genug Geld für neue habe. Außerdem ärgert es mich, daß die Jäger glauben, ich hätte sie angelogen.«

Pashak lachte. »Deine Stiefel kannst du vergessen. Meine Großmutter macht dir ein paar schöne Mokassins. Alle sagen, sie ist die beste Näherin bei den *Nenenat*«, sagte er stolz. Er gebrauchte das Wort, mit dem die Naskapi sich selbst bezeichneten und das soviel hieß wie »die wahren Menschen«. »Meine Großmutter wird dir solche Mokassins machen, wie ich habe. Sie sind viel bequemer als die harten Stiefel, die du verloren hast. Mein Onkel kaufte mir einmal solche Stiefel aus dem Laden. Ich konnte damit nicht laufen. Ich habe sie in den Fluß geworfen, genau wie du.«

Inzwischen hatten Andrew und Pashak die Naskapi-Jäger eingeholt, die Andrew in den Fluß geworfen und seine Rettung aus der Ferne beobachtet hatten.

Pashak blieb stehen und sagte: »Das ist mein Freund Andruuu. Er wollte euch nicht anlügen. Jemand anderes hat ihm den Preis für den Tauschhandel gesagt. Wenn ihr ihn noch einmal in den Fluß werfen wollt, dann müßt ihr versuchen, uns beide reinzuwerfen. Vielleicht schicken wir *euch* das nächstemal schwimmen.«

Sie liefen weiter, und Pashak sagte zu Andrew: »So, und jetzt kriegst du gleich trockene Kleider.«

Andrew zog sich im Haus des Faktors um und schlüpfte in ein Paar geborgte Stiefel, und als er sich aufgewärmt hatte, gingen sie wieder in den Laden. George lehnte noch immer schläfrig an der Ladentheke.

»Wieviel Otterfelle braucht man, um ein 33'er Gewehr zu kaufen?« fragt Andrew.

»Sechs«, sagte George, »vielleicht sieben, wenn es kleine Felle sind.«

»Du sagtest aber zehn«, antwortete Andrew.

»Das war ein Scherz«, sagte George. »Ich wollte nur mal sehen, was die Naskapi-Jäger mit dir machen würden.«

»Jetzt weißt du es«, sagte Andrew. »Ich hasse es, wenn man anderen Leuten Lügen erzählt. Sage mir nie wieder etwas Falsches«, warnte er George. Aber der antwortete nicht.

Pashak und Andrew gingen zu Pashaks Familie. Erstaunt sah Andrew, daß da mehr als ein Dutzend Zelte standen. Sie hatten ein kreisförmiges Gerüst von langen Stangen und waren mit verwitterter grauer Leinwand und geschabten Karibufellen bedeckt. Genau wie die Naskapi waren auch ihre Wigwams kaum zu erkennen. Es schien, als wollten sie sich zwischen den Felsen und knorrigen Bäumen der Umgebung verstecken.

Frauen und Kinder standen still um das offene Feuer und beobachteten neugierig, wie Pashak und Andrew sich dem Lager näherten. Pashak verschwand im Eingang eines großen Zeltes, und Andrew folgte ihm.

Drinnen war es so rauchig, daß Andrews Augen zu brennen anfingen und er fast nichts sehen konnte.

»Mach es wie ich, setze dich auf den Boden«, sagte Pashak. »Hier unten ist der Rauch nicht so schlimm. Der Mann dort drüben, das ist mein Vater, und hier sitzt mein Großvater. Dort beim Feuer, das ist meine Mutter, und hinter ihr auf der Matratze hockt meine Großmutter, die Frau, die das Karibufell schabt. Sie wird dir ein paar

Mokassins daraus machen. Heb mal deinen Fuß, damit sie dir Maß nehmen kann.«

Andrew tat wie befohlen, und die Großmutter hielt ein Stückchen Schnur an seine Fußsohle.

Pashak lachte. »Meine Großmutter sagt, sie hat noch nie einen Jungen mit so großen Füßen gesehen!« übersetzte er.

Pashaks Mutter stocherte derweil in dem großen, rußgeschwärzten Kessel, der in der Mitte des Zeltes über dem Feuer hing. Sie fischte zwei köstliche Stücke Karibufleisch für Andrew und ihren Sohn heraus.

»Oh, beinah hätte ich vergessen, dir mein neugeborenes Schwesterchen zu zeigen.«

Stolz hob Pashaks Mutter ein lächelndes Baby aus einem moosgepolsterten Beutel, der an einer langen Leine an der Zeltstange hing.

»Meine Großmutter sucht immer die Namen für unsere Familie aus«, sagte Pashak. »Meinem Schwesterchen hat sie einen Namen gegeben, der ›Schneevogel‹ bedeutet. Gefällt dir der Name?«

»Ja, sehr«, stieß Andrew hervor. Dann bekam er einen Hustenanfall.

»Leg dich flach auf den Boden! Meine Mutter bindet immer die Zeltklappe zu, damit der Wind nicht den Rauch nach unten bläst. Die weißen Männer und die Mücken hassen den Rauch! Uns *Nenenat* macht es nichts aus. Hauptsache, wir haben es im Winter schön warm im Zelt. Wir lachen und vertreiben uns im Wigwam die Zeit. Wir lauschen den Geschichten, die meine Großmutter erzählt, und den schönen Liedern, die mein Großvater singt. Ich liebe das Zelt«, sagte Pashak. »Du kannst es überall aufstellen, wo du willst. An die Häuser der Weißen kann ich mich nicht gewöhnen. Sie sind viel zu groß. Und ihre strahlenden Lampen und ihre vereisten Fenster, ihre krachenden Türen und ihre Fußbodenbretter, die immer knarz-knarz-knarz machen – ich mag das alles nicht.«

Andrew legte sich auf den Boden und stützte den Kopf auf den Arm. So blieb er unter dem Rauch, der vom offenen Feuer aufstieg. Er kaute sein saftiges Karibufleisch und lauschte auf das Lachen und die sanften singenden Stimmen dieser Familie, und es war ihm, als sei er in diesem Zelt zu Hause, als wäre diese Familie, die Obdach und Essen mit ihm teilte, seine eigene Familie.

Pashaks Mutter gab Andrew eine rote Wolldecke. »Sie sagt, du siehst müde aus«, übersetzte er. »Du kannst bleiben und bei uns schlafen.« Und das tat Andrew.

Am nächsten Morgen kam der Faktor Alistair McFee in den Laden. »Was muß ich hören, Andrew wurde ins Wasser geworfen, weil er die jungen Naskapi-Jäger betrügen wollte?«

»Ich kann nichts dafür«, sagte George schnell. »Ich wollte nur einen Scherz machen. Ich konnte nicht ahnen, daß sie ihn in den Fluß werfen würden.«

»Ich nehme an, deine Rückenschmerzen sind schuld daran, daß du anderen Menschen Schaden zufügen mußt«, sagte der Faktor. »Wirklich schade, daß das Frachtschiff dich nicht mitgenommen und zum Arzt gebracht hat. Aber die Eskimos sagen, das Eis geht zurück, und ich bin sicher, daß das Schiff auf seiner Rückfahrt nach Süden vorbeikommen wird. Dann wirst du mitfahren. – Dougal«, fragte der Faktor, »Sie sind ein erfahrener Mann. Wie erklären Sie sich diese Geschichte?«

»Ach«, meinte der alte Dougal. »Die Sache ist nun passiert. Andrew wurde ins Wasser geworfen, wie schon viele Gehilfen vor ihm. Aber alle wissen, daß er die jungen Naskapi-Jäger nicht anlügen wollte. Er will ihr Freund werden. Wenn George fort ist, wird sich alles von selbst einrenken.«

»George«, sagte der Faktor, »du bist wirklich ein Problem für uns. Und ich muß eine Lösung finden. Ab heute machst du nur noch die leichtesten Arbeiten. Du wirst die Buchhaltung erledigen und dich ausruhen, wenn dein Rücken schmerzt. Aber du wirst dir keine grausamen Scherze mehr ausdenken, die anderen Menschen oder dem guten Ruf dieser Firma schaden. Andrew und Pashak werden die schwereren Arbeiten verrichten. Hast du mich verstanden?«

»Ja«, antwortete George. Aber er starrte Andrew an, als ob der an allem schuld wäre.

»Und du, Andrew, lernst inzwischen alles über dieses Land und das Leben der Indianer. Wenn du mir beweisen kannst, daß du stark und klug bist, habe ich eine Aufgabe für dich. Eine sehr schwierige Aufgabe.«

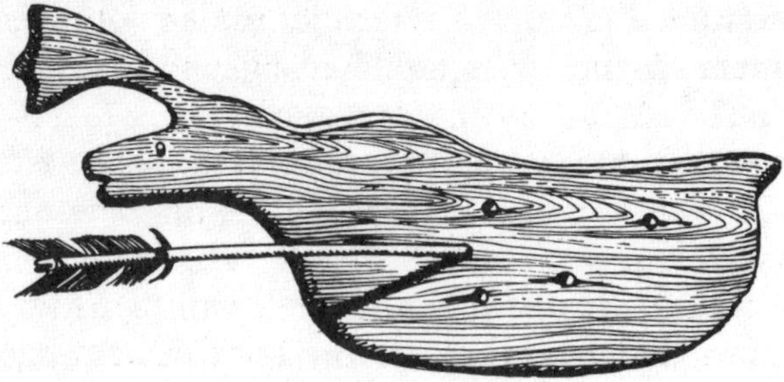

Fort Chimo

Die letzten Juliwochen und der August vergingen für Andrew wie im Flug. Er war begierig, alles zu lernen, was man über den Pelzhandel wissen muß. Der alte Dougal zeigte ihm, wie man die Pelze taxiert; wie man sie schütteln muß, damit die langen Deckhaare sich aufrichten und man prüfen kann, wie dicht der weiche Flaum darunter ist. Andrew arbeitete für zwei, denn George mit seinem kranken Rücken war keine große Hilfe. Es gefiel Andrew in Fort Chimo, und er kam gut mit den Indianern und Eskimos aus, die zu ihm in den Laden kamen und Tauschhandel trieben.

Eines Morgens, Ende August, stand der Faktor in der Tür und spähte mit dem Fernrohr auf die Flußmündung hinaus. Andrew hörte ihn murmeln: »Sollte längst wieder hier sein! Was trödelt der Kerl so lange?«

»Wen suchen Sie?« fragte Andrew.

»Den Schiffskapitän, der dich auf dem Eis abgesetzt

hat. Er weiß doch, daß er wiederkommen soll, wenn er die Fracht für die anderen Häfen abgeliefert hat. Er soll unsere Pelze abholen und den armen George. Ich weiß nicht, worauf er noch wartet – jetzt, wo das Eis weg ist.«

»Wird der Kapitän in den Fluß einlaufen?« fragte Andrew.

»Warum nicht?« fragte Alistair McFee zurück. »Das Eis ist fort, und die Flußmündung ist breit und tief genug, um die ganze königliche Flotte aufzunehmen.«

Drei Tage später klopfte Pashak frühmorgens aufgeregt an Andrews Fenster.

»Steh auf und schau dir das Schiff an! Es ist gekommen und ankert draußen vor der McKay-Insel. Dougal macht schon das Boot klar. Er und der Faktor wollen mit den Pelzen hinausfahren. Sie werden auch George mitnehmen.«

Andrew zog sich hastig an und lief mit Pashak zur Landungsbrücke, wo gerade die letzten Pelzballen in den Kutter verladen wurden.

Und da war auch George, den Seesack in der Hand und reisefertig angezogen. Endlich würde er wieder die Lichter der Großstadt und viele Menschen sehen! Andrew und Pashak gaben ihm die Hand und sagten good bye.

»Schätze, ich hätte dich damals, als die Naskapi-Jäger kamen, nicht anlügen sollen«, murmelte George.

»Das ist vorbei und vergessen«, sagte Andrew. »Ich hoffe, daß dein Rücken besser wird.«

»Schätze, ich habe hier versagt«, sagte George. »Ich bin froh, daß ich fort kann.«

»Good bye«, sagte Pashak.

Andrew half George ins Boot einsteigen.

»Du und Pashak, ihr bleibt da und paßt auf den Laden auf«, rief der Faktor.

Dougal warf den Motor an, und das Boot tuckerte zum Schiff hinaus. Sie kehrten erst zurück, als die Flut kam und das Frachtschiff der Handelsgesellschaft verschwunden war.

Kaum wieder an Land, sagte der alte Dougal zu Andrew: »Mann, der Faktor war böse. Du hättest ihn sehen sollen. Er wurde ganz rot im Gesicht und brüllte den Käpt'n an. Er sagte, er wird ihn anzeigen. Er sagte, er hatte kein Recht, dein Leben aufs Spiel zu setzen und dich allein auf dem Eis zu lassen – mit der kostbaren Fracht, die so leicht ins Meer abtreiben konnte.

Na, vergessen wir das alles«, fuhr Dougal fort. »Freuen wir uns, daß George weg ist und daß unsere Pelze gut zur Versteigerung in den Süden kommen. Jetzt wollen wir die Ruhe genießen und uns einen friedlichen Winter machen.«

»Was weißt du über ein Gewehr?« fragte der Faktor Andrew.

»Nur, daß man zielt und dann den Abzug durchzieht.«

»Falsch, mein Junge. Man zieht den Abzug nicht durch, man drückt ihn nur ganz leicht. Hier, nimm«, sagte er und gab Andrew ein Gewehr und Pashak eine Schachtel Patronen. »Ihr müßt üben.«

Pashak führte Andrew zunächst zum Zelt seines Vaters. Er schlüpfte hinein, und als er wieder zum Vorschein kam, hatte er Pfeil und Bogen in der Hand.

»Was hast du mit dem Bogen vor?« fragte Andrew.

»Der Faktor hat gesagt, wir sollen mit dem Gewehr üben.«

»Immer eins nach dem anderen«, sagte Pashak. Er hielt ein geschnitztes Brettchen empor und fragte: »Weißt du, was das ist?«

»Sieht aus wie ein Hirsch«, sagte Andrew.

»Das ist ein Karibu«, sagte Pashak und stellte das Brett vor ein Moospolster.

»Du mußt es genau in der Mitte treffen«, sagte er und drückte Andrew den Bogen in die Hand.

Andrew legte einen Pfeil auf die Sehne und zielte lange. Er schoß – und traf mehr als einen Meter daneben.

»Gib her, ich zeig dir, wie man's macht«, sagte Pashak. Und das tat er.

Gegen Abend konnte Andrew das Ziel schon bei jedem zweiten Schuß treffen.

»Sehr gut«, lobte ihn Pashak. »Wenn du fleißig übst, wirst du dich noch verbessern. Du lernst schnell. Morgen versuchen wir es mit dem Gewehr.«

Die Zielscheibe, die Pashak am nächsten Tag mitbrachte, war viel kleiner. Er stellte sie vor einen hohen Erdwall, in den die Kugeln ohne Gefahr einschlagen konnten.

»Mit einem Gewehr muß man sehr vorsichtig sein«, sagte er. »Ein Fehler – und man kann einen Menschen töten. Beim Schießen mußt du dich hinknien.« Pashak machte es ihm vor. »Du mußt das Gewehr anlegen, siehst du, den Ellbogen auf das Knie gestützt. In dieser geduckten Stellung wird das Tier, das du jagen willst, dich nicht so leicht entdecken.«

Andrew hatte sieben von den zwanzig Patronen verschossen, als Pashak ihm in den Arm fiel. »Warum soll ich aufhören?« fragte Andrew.

»Es ist nicht nötig, daß du alle Patronen verschießt«, erklärte Pashak. »Du hast ja verstanden, worauf es ankommt. Und du hast zweimal hintereinander die Zielscheibe getroffen. Die restlichen Patronen sparen wir lieber auf.« Er verstaute sie vorsichtig in seiner Jagdtasche. »Vielleicht werden wir sie noch brauchen.«

Ende August paddelten Pashak und Andrew auf dem Fluß stromabwärts. Sie hatten inzwischen gelernt, zusammen ein Kanu zu steuern. Jetzt wollten sie sich vom Ebbstrom Richtung Meer tragen lassen, um ihre neue Kunst zu üben. An einer Flußgabelung, wo ein Bach sich über einen breiten flachen Wasserfall in den Koksoak River ergoß, gingen sie an Land.

»Hier wird es dir gefallen«, sagte Pashak und schwang sich aus dem Boot.

Sie zogen das Kanu aufs Ufer. Weil die lästigen Mükken verschwunden waren, legten sie sich auf die sonnenwarmen Steine und schliefen ein. Als sie wieder aufwachten, blies eine kalte Brise. Die Flut war gekommen, sie drängte in den Fluß und auch in das Bachbett hinauf, bis sie fast den Wasserfall überschwemmte.

»Siehst du sie?« fragte Pashak aufgeregt und deutete auf die blitzenden Leiber der Lachse, die sich vor ihnen in der Bachmündung tummelten.

Es war ein großer Schwarm von Fischen. Ruhig standen sie in der Strömung, und ihre silbernen Flanken leuchteten im klaren Wasser.

»Jetzt hätte ich gern eine Angelrute«, rief Andrew.

»Wir brauchen keine Angelrute«, sagte Pashak. »Komm, hilf mir.«

Es waren Hunderte von Fischen. Sie schwammen in einem weiten Rund von künstlich aufgerichteten Steinen, die jetzt fast ganz vom Wasser bedeckt waren. Es gab nur zwei schmale Ausgänge.

»Du mußt ganz leise hineinwaten«, flüsterte Pashak. »Dann verrammelst du die eine Öffnung mit Steinen, und ich schließe die andere da drüben. Aber wenn du erst einmal angefangen hast, mußt du schnell arbeiten!«

Als Andrew sich über das Wasser beugte, entwischten ihm ein paar Lachse durch die Öffnung. Bis über die Ellbogen griff er ins Wasser und wälzte drei schwere Steine vor die Lücke. Auf der anderen Seite machte Pashak es ebenso. Die Fische flitzten im Kreis herum und suchten einen Ausweg.

»Jetzt haben wir sie alle gefangen!« rief Andrew.

»Nein, haben wir nicht«, sagte Pashak. »Dieses Fischwehr gehört den Eskimos. Sie haben es vor vielen Jahren gebaut. Aber sie haben nichts dagegen, wenn wir uns jeder einen Fisch nehmen – mehr aber nicht. Rasch«, sagte er, »wenn die Flut weiter steigt, wird diese Falle ganz überschwemmt, und die Fische können ungehindert davonschwimmen.«

»Aber wie sollen wir auch nur zwei von ihnen erwischen?« fragte Andrew ratlos.

»Ich zeige es dir ja gleich«, antwortete Pashak.

Flink schnitt er von einem Strauch zwei biegsame Stecken ab, einen fast so lang wie er selber, den anderen etwas kürzer. Am einen Ende der beiden Stecken schnitzte er scharfe Kerben ein, dann band er sie mit einem Stück geflochtener Karibusehne zusammen. Pashak führte Andrew vor, wie die beiden elastischen Stekken, wenn man sie bog, aufsprangen und wieder wie eine mit scharfen Zähnen bewehrte Zange zuschnappten.

Pashak watete ins Wasser und blieb reglos stehen. Sein Fangspeer schwebte über der Oberfläche. Plötzlich stieß er zu. Mit einem gewaltigen Ruck schleuderte er einen großen Lachs, der zwischen den beiden Stecken zappelte, ans Ufer. Andrew sprang hinzu, packte den Fisch mit den Fingern hinter den Kiemen und schleppte ihn vom Wasser fort.

»Jetzt bist du an der Reihe«, rief Pashak und kletterte ans Ufer. Er schnitt die stumpf gewordenen Zacken nach und drückte Andrew den grausamen Speer in die Hand.

»Daneben!« rief Andrew enttäuscht.

»Du mußt es noch einmal versuchen«, lachte Pashak.

Endlich, beim vierten Stoß, sah Andrew, daß die Zange über einem Lachs zuschnappte. Er schleuderte ihn ans Ufer, wo Pashak stand.

»Sehr gut«, lachte Pashak. »Lerne weiter so. Wenn du erst auf Schneeschuhen laufen kannst, wird vielleicht ein ›wahrer Mensch‹ aus dir.«

»Habt ihr Mut genug, einen Außenposten am Geistersee aufzubauen?« fragte der Faktor eines Tages. »Es ist eine weite, beschwerliche Wanderung ins Inland, und der Winter dauert lange. Aber es ist wichtig, daß jemand da draußen ist und mit den Jägern Tauschgeschäfte machen kann. Eigentlich wollte ich George schicken, aber nun ist er fort, und du bist an der Reihe, Andrew. Und auch du, Pashak.«

Nachdenklich blickte der Faktor Andrew an. »Du bist noch Lehrling und erst zwei Monate hier im Norden – nicht die vorgeschriebenen zwei Jahre, die ein Junge bei unserer Firma arbeiten muß, bevor er sich selbständig machen kann. Du siehst, es ist eine große Verantwortung. Ihr seid ganz allein auf euch gestellt, wenn ihr euch selbst und anderen helfen wollt. Und ihr müßt die Ehre unserer Firma hochhalten. Fort Chimo wurde vor mehr als hundert Jahren gebaut. Ihr müßt genauso stark und mutig sein wie die Männer, die euch vorausgegangen sind.«

»Wir werden unser Bestes tun«, sagte Andrew. »Pashak hat mich gelehrt, wie man sich von den Pflanzen und Tieren des Landes ernähren kann und wie man die Zeichen des Wetters deutet. Und Dougal hat mir beigebracht, die Pelze zu taxieren.«

»Wir freuen uns darauf, zusammen ins Inland zu gehen und den Außenposten aufzubauen«, sagte Pashak. »Andrew lernt sehr schnell.«

»Gut«, sagte Mr. McFee. »Ihr beide bereitet alles vor, was ihr für einen langen kalten Winter in der Wildnis braucht. Ich bin sicher, Andrew, daß Pashaks Familie dir ein paar warme Sachen aus Karibufell nähen wird: feste Socken, Mokassins und dicke Handschuhe. Gib ihnen einen guten Lohn für alles, was sie dir machen.«

Andrew hatte jetzt viel Zeit. Der sommerliche Tauschhandel war vorbei, die Eskimos waren mit ihren schwer bepackten Langbooten und Kajaks nach Norden gezogen. Auch viele Naskapi-Familien waren lautlos wie Schatten verschwunden. Mit ihren Kanus waren sie auf dem Koksoak River davongefahren – einem der drei mächtigen Ströme, die einen Weg durch die unermeßliche Wildnis von Ungava nach Süden boten.

Oft war Andrew bei Pashaks Familie eingeladen, und dort hörte er auch zum erstenmal die alten Märchen der *Nenenat*. Sie erzählten von zwerghaften Wesen, die unter der Erde in Steinhöhlen hausen, und von Ungeheuern, die sich im Wasser der Seen und Flüsse herumtreiben.

Mit der Zeit lernte Andrew alle Mitglieder von Pashaks Familie kennen. Wenn am Abend alle um das Feuer lagen, fühlte er sich wie zu Hause. Er stellte sich vor, wie es wäre, wenn sein Vater gemütlich neben ihm auf der Erde läge und mit ihm spräche, genau wie Pashaks Vater mit ihm sprach.

Zitternd dachte Andrew daran, daß er dies alles bald verlassen mußte, um draußen in der Wildnis ein ganz anderes Leben kennenzulernen.

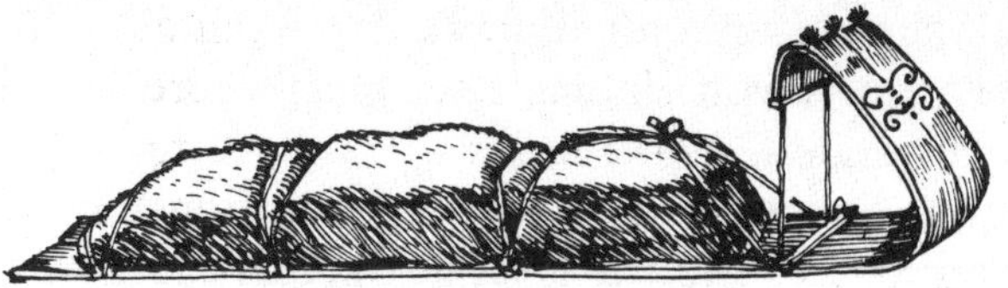

Wölfe in der Nacht

In der letzten Nacht im Oktober, der Herbstmond stand voll und rund am Himmel, wurde es tödlich kalt. Dann setzte ein leichtes Schneetreiben ein, das die steinigen Flußufer zudeckte und den verstreuten Zwergfichten weiße Hauben aufsetzte. Der Fluß bekam silbrige Eisränder, die langsam wuchsen und sich über der mondglitzernden dunklen Wasserrinne in der Mitte vereinigen wollten.

»Er kommt«, sagte Pashak zu Andrew. »Ich rieche es, der Winter kommt. Ich höre ihn hoch in den Lüften lachen und singen. Der Winter ist mir die liebste Jahreszeit!«

Andrew schnupperte in die kalte Nachtluft und horchte. Er sah zu den Sternen hinauf, die wie glänzende, rund um den Polarstern ausgestreute Taler am Himmel funkelten.

Am zweiten November, in der Abenddämmerung, erhob sich ein mächtig heulender Sturm aus dem Norden. Er brachte ein Schneegestöber, das die Landschaft zudeckte und vor den Wigwams der »wahren Menschen«

hohe Schneewächten aufhäufte. Nach drei Tagen hörte der Schneesturm auf, und dann kroch von allen Seiten eine klirrende Kälte heran.

Wenn Andrew nun aufstand, war es noch dunkel. Dann hüpfte er auf dem frostigen Boden von einem Fuß auf den anderen, während er durch die Eisblumen am Fenster hinauslugte. Der Fluß war beinahe zugefroren. Nur in der Mitte war noch ein schmaler schwarzer Wasserstreifen sichtbar.

Bald hatte sich das Eis auf dem Fluß ganz geschlossen. Es war so fest, daß ein schwerer Mann sicher hinübergehen konnte. Das Eis, das sich ausdehnte und wuchs, stöhnte und knallte wie fernes Gewehrfeuer.

Eines Morgens kam Pashak und klopfte ans Fenster. »Andruuu, steh auf, meine Familie schickt dir ein sehr gutes Geschenk.«

Andrew schlüpfte in seine neuen Mokassins und zog sich die wärmsten Sachen über. Als er hinausging, knarrte die Tür vor Kälte.

Pashak hielt ein Paar Schneeschuhe empor. Sie waren fein geflochten und so breit, daß sie an einen Biberschwanz erinnerten.

»Sie gehören dir«, sagte Pashak. »Mein Vater hat die Rahmen geschnitzt, und meine Mutter hat die Bespannung geflochten. An der Spitze hat sie dir rote Bommeln angenäht, damit du sie leichter von anderen unterscheiden kannst.«

Andrew hatte noch nie so gute Schneeschuhe gesehen. Die Bespannung aus Karibuleder war straff wie bei einem Tennisschläger – aber viel enger geflochten.

»Ein Glück, daß du Mokassins hast. Mit schweren

Stiefeln kann man keine so leichten Schneeschuhe anziehen.«

Pashak hob den Fuß und zeigte Andrew, wie man die Bindung schnürt. Andrew konnte es kaum erwarten, seine Schneeschuhe selbst auszuprobieren.

»Komm, lauf mir nach«, rief Pashak und rannte in einer hüpfenden Gangart los.

Andrew versuchte es, aber er stolperte und fiel kopfüber in den tiefen Schnee.

»Gar nicht so leicht, wie es aussieht«, rief Pashak. »Aber du wirst es bald lernen. Schau mir nur genau zu. Siehst du? Wenn du's so machst, fällst du nicht auf die Nase.«

»Uff«, keuchte Andrew. »Ziemliche Schinderei.«

Die Jäger waren fort, und im Laden gab es nichts zu tun. So konnten die beiden den ganzen Tag, bis es dunkel wurde, üben. Aber dann war Andrew doch froh, als er endlich seine Schneeschuhe ausziehen durfte. Rasch verschlang er sein Abendbrot und fiel wie ein Stein ins Bett.

Am nächsten Morgen hatte er solchen Muskelkater, daß er kaum aufstehen konnte. Steif wie ein Zinnsoldat zockelte er an den Frühstückstisch.

Der Faktor lachte ihn aus. »Ich kann mich gut erinnern, wie ich zum erstenmal auf Schneeschuhen stand. Schlimmer als der erste Tag auf dem Pferd. Du mußt nur fleißig mit Pashak üben, dann hast du den Bogen bald raus.«

Tag für Tag schnallte sich Andrew seine Schneeschuhe an, und allmählich lernte er den Rhythmus und die Tricks dieser neuen Art zu gehen. Am Ende konnte er beinah mit Pashak Schritt halten. Dann aber stand Pashak eines Morgens wieder vor Andrews Fenster. Er trug einen riesigen Rucksack auf dem Rücken – und ein zweiter, gleich großer, lag neben ihm im Schnee.

»Komm raus, Andruuu, jetzt mußt du lernen, eine Kleinigkeit auf dem Rücken zu tragen!«

»Eine Kleinigkeit?« rief Andrew, als Pashak ihm den schweren Sack auf den Buckel wuchtete. »Was hast du da reingetan? Vielleicht Steine?«

»Richtig geraten! Runde Kiesel aus dem Fluß. Ich hab sie in Karibufelle eingewickelt, damit sie dich nicht drücken. – Und jetzt schau mal her: Du mußt dir den Tragriemen über die Stirn legen und dich vorbeugen. Dadurch helfen dein Kopf und dein Nacken dir tragen.«

Unbeholfen wie eine Ente watschelte Andrew los. Der schwere Rucksack, der ihm vom Kopf bis zum Hintern reichte, drückte ihn tief in den lockeren Pulverschnee.

»Mit so einem Gewicht auf dem Rücken werde ich nicht weit laufen können«, keuchte er.

»Doch, du kannst es«, sagte Pashak. »Du mußt es nur lernen. Unsere Träger schleppen manchmal Fleischvorräte, die dreimal so schwer sind. Und sie laufen damit oft die halbe Nacht.«

»Auf Schneeschuhen?« staunte Andrew.

»Klar«, antwortete Pashak. »Wie willst du sonst im tiefen Schnee laufen? Im Winter reicht er dir manchmal bis hierher.« Er hielt sich die Hand vor die Brust. »Wenn du keine Schneeschuhe hast, kannst du dich nur noch hinsetzen und auf den Tod warten.«

»Müssen wir alles, was wir am Geistersee brauchen, selbst auf dem Rücken schleppen?«

»O nein«, sagte Pashak. »Träger werden uns begleiten, und wir werden Schlittenhunde und zwei Toboggans mitnehmen. Da drüben stehen sie – siehst du, unter dem Baum im Schnee?«

Sie gingen hinüber und schauten sich die Toboggans an. Es waren schmale Schlitten mit einer Lauffläche aus dünn geschabtem Holz und vorne hochgebogener Spitze – wie ein großer Ski. Pashak holte eine Kerze aus seinem Rucksack und wachste den einen Toboggan ein. Dann gab er dem Schlitten einen leichten Stoß. Er glitt weit über den Schnee.

»Siehst du, wie das Wachs hilft? Wir werden den Faktor bitten, daß er uns eine halbe Schachtel Kerzen mitgibt. Dann werden unsere Toboggans dahingleiten wie zwei spielende Otter auf dem Eis.«

»Ich kann keinen Schritt weiter«, sagte Andrew, als sie das Zelt von Pashaks Vater erreichten.

Er setzte sich auf einen Stein und ließ seinen schweren Rucksack in den Schnee gleiten.

»Kein Wunder, daß du mit dem Rucksack und auf Schneeschuhen nicht laufen kannst. Deine schweren Kleider sind völlig ungeeignet, und die Rucksackriemen passen dir auch nicht.«

Andrew war froh, daß er sich endlich im Zelt ausruhen konnte. Er streckte sich lang auf den Boden, wo der Rauch ihm nichts anhaben konnte.

»Meine Mutter sagt, du sollst diese Leggins anprobieren.«

Pashaks Mutter gab Andrew ein Paar weite Leggins aus Karibufell. Er zog seine Hose aus und streifte die Leggins über.

»Danke«, sagte er. »Meine Beine fühlen sich frei. Aber ich fürchte, ohne die dicke Wollhose werde ich erfrieren.«

»O nein«, sagte Pashak. »Das Rucksackschleppen und Schneeschuhlaufen wird dich schon warm halten. Nur im Gesicht und am Unterleib mußt du dich vor Erfrierungen schützen. Hier«, sagte er, »mein Großvater schenkt dir diesen buschigen Fuchsschweif. Du mußt ihn zwischen den Beinen festbinden, dann wirst du niemals frieren. Und deine Beine sind frei und können laufen wie der Wind.«

»Was macht dein Großvater da? Malt er ein Bild?«

»Sicher. Er bemalt einen neuen Mantel für dich.«

Der Alte hielt ein kunstvoll geschnitztes Stück Karibuhorn in der Hand und tauchte es in eine rötlichgelbe Paste, die er zuvor angerührt hatte. Vorsichtig drückte er das Horn auf die Lederseite des Fellmantels. Als er die Hand zurückzog, prangte dort ein vielfach verschlungenes Ornament. So machte er es immer wieder, bis Ärmel und Mantelsaum mit einem lebhaften Muster verziert waren.

Jetzt nahm der Großvater ein kleines gebogenes Weidenstöckchen und tauchte es in einen Brei, den er aus Holzkohlenresten von der Feuerstelle und Fischöl gemischt hatte. Wie mit einem Federhalter zeichnete er lange, verschnörkelte Linien zwischen die aufgedruckten Muster.

»Mein Vater hat mir ein paar weiße Hermelinfelle geschenkt, und die hab ich für diesen Gürtel eingetauscht.« Pashak gab Andrew einen breiten bunten Gürtel. »Ich habe ihn beim französischen Handelsposten eingetauscht. Du darfst dem Faktor nicht erzählen, daß ich mich in der Dunkelheit über den Fluß geschlichen habe. Sieh nur, wie schön der Gürtel ist, mit den in allen Farben leuchtenden Blitzen. Und er ist fest gewebt, aus bester Wolle. Jetzt siehst du aus wie ein starker Mann aus den Wäldern, und er wird dir den Rücken und den Bauch wärmen.«

Pashak sah Andrew an. »Ach, fast hätte ich es vergessen. Meine Großmutter hat eine wunderschöne Mütze für dich genäht. Du kannst sie über die Ohren ziehen wie die Parkahauben der Eskimos. Nur daß sie nicht an die Jacke angenäht ist. Und oben hat die Großmutter dir blaue Krickentenfedern angenäht. Sie sagt, das bringt Glück und gutes Wetter. Komm, setze sie auf.«

Pashak lachte. »Da – die Mütze bringt dir schon Glück. Horch, der Wind hat sich gelegt. Morgen könnte ein guter Tag für unsere Wanderung sein. Das sagt auch mein Großvater. Die Kälte wird den Schnee hart machen, und unsere Toboggans werden dahingleiten wie auf Eis.

Los, Andruuu. Zieh deine neuen Sachen an! Wir laufen gleich zum Faktor und fragen ihn, wann wir aufbrechen sollen. Als ich drüben am anderen Ufer war, habe ich erfahren, daß die Franzosen einen Mann aufgestellt haben, der uns den ganzen Tag mit dem Fernrohr beobachtet. Sie wollen herausfinden, wann wir losziehen und wo wir unseren Außenposten aufbauen werden. Die Franzosen wollen Männer ausschicken und ihren Außenposten gleich neben den unseren bauen, damit sie auch ihren Anteil am Handel haben. Die Frauen da drüben lauschen die ganze Nacht, ob sie unsere Schlittenglocken hören. Denn die Franzosen glauben, wir könnten uns in der Nacht davonschleichen, damit sie uns nicht sehen.«

Sie fanden den Faktor im Laden, wo er mit Nakasuk und dem alten Dougal sprach.

»Andrew Stewart, in diesen Kleidern hätte ich dich nie erkannt. Man glaubt es kaum, daß du ein Schotte bist«, lachte Alistair McFee. »Ich hätte dich für einen echten Naskapi gehalten.«

Und dann drehte sich das Gespräch wieder um den feindlichen Handelsposten auf dem anderen Flußufer. Dougal sagte: »Ich weiß einen alten Schmugglertrick. Wir schicken Nakasuk und einen anderen Eskimo mit Packsäcken und schwer beladenen Toboggans nach Norden. Und wir lassen die Glöckchen der Schlittenhunde klingeln wie zu Weihnachten. Vielleicht fallen die Franzosen darauf rein und schicken ihre Männer hinter Nakasuk her – nach Norden. Aber inzwischen marschieren diese zwei schlauen Burschen hier in südlicher Richtung, ohne daß jemand es merkt.«

»Eine gute Idee, probieren wir es«, sagte der Faktor. »Ich würde dem französischen Händler gerne eins auswischen. Rasch, Nakasuk, du machst dich noch heute abend, bevor es dunkel wird, auf den Weg. Du bleibst mindestens vier Tage fort, und falls die Franzosen dir folgen, führst du sie im Kreis herum. Oshaweetok soll dich begleiten.« Und dann sagte der Faktor zu Andrew und Pashak: »Ihr beide brecht später auf, in der Nacht. Nehmt den Schlittenhunden die Glöckchen ab und paßt auf, daß die Frauen kein Licht machen.«

»Wir schleichen uns lautlos davon wie die Luchse«, lachte Pashak. »Zuerst werden wir hinter den Bäumen

Deckung suchen und erst aufs Eis gehen, wenn wir die Flußbiegung hinter uns haben.«

»So wird's gemacht«, stimmte der Faktor zu. »Viel Glück für euch beide. Und weil ihr einen langen Winter am Geistersee bleiben werdet, habe ich ein besonderes Geschenk für euch.«

Er ging hinaus und kam mit einem dicken Fäßchen Pökelfleisch wieder. »Laßt euch diesen Weihnachtsbraten gut schmecken! Ja, und noch etwas. Hier ist euer Gewehr, und hier eine Schachtel mit fünfzig Patronen. Ein Gewehr ist genug für euch beide. Da habt ihr nicht so viel zu schleppen.«

»Danke, Sir«, sagte Andrew.

Als der Faktor gegangen war, ließ sich Pashak vom alten Dougal einen Bohrer geben. Er bohrte ein Loch in das Fäßchen und kippte es um, damit das Salzwasser ablief.

»Warum machst du das?« fragte Andrew.

»Meinst du, unsere Träger sollen sich die Knochen brechen und ein Faß voll Salzwasser zweihundert Meilen durch die Gegend schleppen?«

Und dann machten sich alle fleißig ans Werk, die Toboggans für den Eskimo Nakasuk vollzupacken. Unter einem hellrosa leuchtenden Abendhimmel sauste er mit klingelnden Schellen los und verschwand auf dem Fluß nach Norden. Oshaweetok spurte auf Schneeschuhen voraus. Er trug einen riesigen Rucksack und prüfte mit seinem langen Wanderstab das Eis unter dem Schnee.

»Es klappt! Es klappt!« krächzte der alte Dougal begeistert. »Bei Anbruch der Dämmerung sind die Franzosen mit Schlittenhunden losgefahren, um Nakasuk und Oshaweetok ins Eskimoland zu folgen.«

»Jetzt könnt ihr aufbrechen«, sagte Alister McFee. »Gute Reise, und viel Glück. Im Frühling sehen wir uns wieder.«

Kurz vor Mitternacht, der Mond versteckte sich hinter einer Wolkenbank, kniete Andrew neben den schwer bepackten Toboggans und schnallte sich die Schneeschuhe an. Ein Halbdutzend starke Naskapi-Jäger bückten sich und schulterten ihre gewaltigen Rucksäcke. Pashak half Andrew, seinen Rucksack hochzuwuchten. Die Männer wurden von der Erregung des Abenteuers gepackt.

»Wir beide laufen lieber vor den anderen los«, flüsterte Pashak. »Dann haben wir einen kleinen Vorsprung – und wir müssen versuchen, diesen Vorsprung zu halten. Wenn man am Schluß der Kolonne läuft, bleibt man unweigerlich hinter den anderen zurück. Und denk daran, du mußt deine Beine locker nach außen schwingen! Ich werde vorausgehen und den Weg spuren. Paß auf, daß ich dir nicht davonlaufe. Der erste Tag ist immer der schlimmste!«

Sie mieden den Fluß, bis sie die erste Biegung weit hinter sich hatten und wußten, daß sie vom französischen Handelsposten nicht mehr gesehen werden konnten. Der Marsch durch den tiefen Schnee auf dem Ufer war beschwerlich, und Andrew keuchte wie ein Langstreckenläufer beim Endspurt. Dann aber stapften sie zum Fluß hinunter und setzten ihren Weg auf dem nur leicht verschneiten Eis fort. Andrew hoffte, sie würden irgendwann Rast machen, aber die Träger holten schnell auf. Die Riemen an Andrews Rucksack schnitten sich tief in seine Schultern ein. Aber er dachte daran, was Pashak gesagt hatte: *Der erste Tag ist der schlimmste, der schlimmste, der schlimmste!*

Swisch-swisch-swisch, hörte er hinter sich das leise Rauschen von Schneeschuhschritten. Der Führer der Trägergruppe, einen riesigen Packsack auf dem Rücken, holte auf und zog wortlos, ohne einen Blick zur Seite, an ihm vorbei. Bald überholte ihn auch der zweite, der dritte Träger – und dann kamen die hechelnden Hundegespanne mit den hochbeladenen Toboggans und ihren Führern. Andrew hätte am liebsten seinen Rucksack in den Schnee geworfen und sich flach auf einen der Toboggans fallen lassen. Er hatte nur einen Wunsch – sich auszuruhen! Aber niemand wollte ihm helfen, und er war zu stolz, die anderen um Hilfe zu bitten.

Pashak, der scheinbar mühelos vor ihm trabte, drehte sich um und sagte: »Gib mir das Gewehr! Es schlägt dir dauernd gegen die Beine und bremst dich.«

Dankbar schnallte sich Andrew das Gewehr von der Schulter und reichte es Pashak, der jetzt längere Schritte machte und unaufhaltsam Vorsprung gewann. Verzweifelt versuchte Andrew, sein Tempo zu steigern. In seinen Waden pochte der Schmerz, und sein Rucksack drückte ihn wie ein Bleigewicht nieder. Er strengte sich an, aber er schaffte es einfach nicht, mit Pashak Schritt zu halten, der auf seinen langen Beinen davoneilte.

Drei Uhr früh, sagte der Leuchtzeiger von Andrews Uhr. Mühsam schleppte er sich auf dem gefrorenen Fluß dahin. In weiter Ferne sah er die Naskapi-Träger im Gänsemarsch laufen. Ihre Rucksäcke zuckten wie eine schwarze Raupe auf und ab, bis sie um die nächste Flußbiegung verschwunden waren. Knapp hinter ihnen folgte Pashak. Andrew hastete weiter. Er hatte Angst, allein zu bleiben. Er fürchtete, daß die Wolken im Westen einen Schneesturm zusammenbrauten, der die Spur der Träger verwischen würde – die einzige Spur, der er folgen konnte.

Gegen fünf Uhr tauchte die Mondsichel wieder auf und flatterte wie ein bleiches Gespenst durch die Wolken. Andrew blieb stehen. Vom Flußufer hallte ein schauriges Geheul herüber. Er horchte. Alle seine Muskeln zitterten. Kalter Schweiß rieselte ihm über den Rücken. Voll Entsetzen vernahm er das Antwortgeheul. Ein Wolf nach dem anderen stimmte am Ufer in den tödlichen Kanon ein. Einer meldete dem anderen, daß ein Mensch, ein hilfloser Nachzügler, über das Eis irrte – ganz allein.

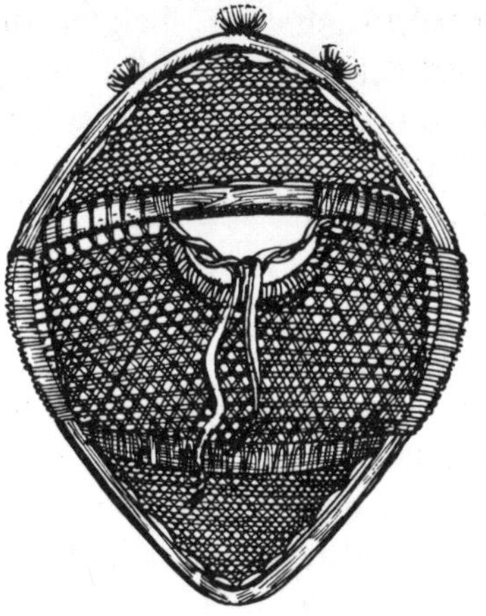

Die Winterwanderung

Wölfe greifen einen gesunden Menschen nicht an. Wölfe laufen nicht im Rudel, obwohl eine Wolfsfamilie manchmal gemeinsam jagt. Das hatte Andrew in einem Buch gelesen. Verzweifelt klammerte er sich an die Worte, er sagte sie sich immer wieder in Gedanken vor.

Die stechende Nachtkälte brannte Andrew in der Nase. Er hastete weiter, immer weiter auf der ausgetretenen Schneeschuhspur. Er war noch keine Meile gelaufen, da rissen die Wolken auf, und der Mond strahlte auf den zugefrorenen Fluß herab. Und jetzt sah Andrew in der Ferne, auf dem linken Ufer, die unheimlichen Schatten der Wölfe über den Schnee huschen. Er verfluchte sich, weil er das Gewehr Pashak gegeben hatte. Jetzt brauchte er es, um sich zu verteidigen. Still kauerte sich Andrew aufs Eis und versuchte sich möglichst klein zu machen. Die Wölfe rasten an ihm vorbei und verschwanden in der Dunkelheit.

Stunden später, schlotternd vor Angst, stolperte Andrew in das schlafende Camp, das die Naskapi-Träger aufgeschlagen hatten. Andrew kroch unter das flache Leinwandzelt und legte sich neben die »wahren Menschen«. Alle schliefen fest.

In der Nacht hatten die Männer ein loderndes Feuer gehabt, aber jetzt glühten nur noch ein paar Kohlen, die kaum Wärme spendeten. Die Naskapi schliefen auf einem dicken Polster von Fichtenzweigen, die sie rund um die Feuerstelle auf den Schnee gebreitet hatten. Sie waren in ihre warmen Wolldecken eingehüllt und lagen mit den Füßen beinah im Feuer.

Es war heller Tag, als Andrew erwachte. Das Zelt über ihm war verschwunden. Alle waren fort, und die Feuerstelle war schwarz und kalt. Am Himmel über ihm hingen graue Wolken, wie dicke Daunenkissen; sie hingen so tief, daß sie beinah die Uferböschung streiften.

Andrew sah auf die Uhr. Sie war stehengeblieben. Er hatte die Zeit des weißen Mannes verloren. Es sollte lange dauern, bis er sie wiederfinden würde.

Er sprang auf, rollte seine Decke zusammen und schnallte sich die Schneeschuhe an. Auf seinem Rucksack lag ein Stück Dörrfisch zwischen zwei großen Scheiben Schiffszwieback. Andrew aß gierig. Dann schwang er sich den schweren Rucksack auf die Schultern. Der aber war über Nacht viel kleiner und leichter geworden. Andrew war überrascht. Ein bißchen schämte er sich – und doch war er dem unbekannten Träger dankbar.

Weiter ging's nach Süden, immer weiter auf der tief ausgetretenen Schneeschuhspur. Unterwegs mußte er stehen bleiben und seine Beinmuskeln massieren. Mit unbeholfenen Schritten taumelte er los – im Mund noch immer den Geschmack von kaltem Fisch und Zwiebackkrümeln.

Gegen Mittag setzte ein leichtes Schneetreiben ein. Es war, als wehten feine, durchsichtige Schleier vor ihm über den Weg. Am Abend aber schien es, als gäbe es nichts als wirbelnden Schnee auf der Welt. Andrew konnte nicht einmal mehr bis zum Flußufer sehen. Auch die Schneeschuhspuren, denen er folgte, waren kaum noch sichtbar. Und als es dunkel wurde, waren sie ganz unter dem Schnee verschwunden. Andrew beschloß, sich näher ans Ufer zu halten und dem Fluß zu folgen, bis er das Camp der Naskapi erreicht hatte.

Dann aber geschah etwas, das Andrew mehr Angst machte als das Geheul der Wölfe. Aus der Dunkelheit tauchten die Schatten kleiner Fichten auf einer Landzunge auf. Dort spaltete sich der Fluß in zwei Arme! Welchem sollte er folgen? Der eine führte nach Südosten, der andere gerade nach Süden.

Andrew warf seinen Rucksack ab und tastete unter dem Schnee nach irgendwelchen Vertiefungen, die ihm die Spur der Naskapi verraten würden. Er fand nichts.

Jetzt geriet Andrew in Panik. Er entschloß sich, dem südöstlichen Flußarm zu folgen. Dann aber sagte ihm sein Gefühl, daß es die falsche Richtung sein mußte. Er kehrte um und lief zurück, um dem direkt nach Süden führenden Arm zu folgen. Ein eisiger Wind kam auf, der ihm den Schnee ins Gesicht trieb und ihn blendete.

»Wartet! So wartet doch auf mich!« schrie Andrew, so laut er konnte. Aber er wußte, daß niemand ihn hörte. Stehenbleiben und nachdenken! sagte er sich. Vielleicht gibt es einen Wegweiser. Pashak muß doch gewußt haben, daß ich hier nicht weiter weiß!

Andrew spähte umher, aber in der Finsternis konnte er nichts erkennen. Auf einmal aber hörte er von links ein schwaches Klingeln. Es kam von einer Stelle weiter oben am südlichen Flußarm. Er folgte dem leisen Klang, bis er vor einer kleinen Schwarzkiefer stand. An einem Ast, auf gleicher Höhe mit seinem Kopf, hing eine Blechtasse, und daneben ein Löffel. Sie schaukelten im Wind und stießen klingelnd gegeneinander.

Dankbar knüpfte Andrew diese Zeichen ab, die Pashak für ihn aufgehängt hatte, und verstaute sie im Rucksack. Jetzt wußte er, daß er auf dem richtigen Weg war. Er staunte über Pashaks Klugheit – hatte er ihm doch einen Wegweiser hinterlassen, der ihn auch in finsterer Nacht leiten würde!

Es war vielleicht Mitternacht, denn der Mond stand hoch am Himmel, als das Schneetreiben plötzlich aufhörte und der Nachtwind die Wolken auseinandertrieb. Andrew taumelte vor Müdigkeit und Hunger, aber er wagte nicht, Rast zu machen. Er konnte einfach nicht glauben, daß die Träger und ihre Schlittenhunde einen so weiten Vorsprung hatten.

Im ersten Dämmerlicht entdeckte er einen roten Farbtupfer auf dem tief verschneiten Ufer. Bis er ihn aber erreicht hatte, war schon heller Morgen. Es war das Camp der Naskapi – aber sie hatten bereits ihr Zelt abgebaut und waren weitergezogen. Die Aschenreste der Feuerstelle waren kalt. Der rote Fleck, den Andrew gesehen hatte, war eine alte Wolldecke, die sie zwischen zwei Bäumen aufgespannt hatten. Unter diesem Schutzdach hatten sie für ihn ein Polster aus Fichtenzweigen ausgebreitet.

Mit letzter Kraft befreite sich Andrew von seinem drückenden Rucksack. Er schnallte die Schneeschuhe ab und hängte sie an einen Baum. Er versuchte erst gar nicht, ein Feuer zu machen, sondern kroch unter sein kleines Zelt und knabberte ein Stück Dörrfisch, das Pashak für ihn hingelegt hatte. Zu müde, um an seine Einsamkeit zu denken oder sich vor den Wölfen zu fürchten, wickelte er sich in seine Decke und fiel in einen tiefen Schlaf.

Plötzlich erwachte Andrew und schaute auf die Uhr. Er hatte ganz vergessen, daß sie stehengeblieben war. Er hörte einen rauhen Schrei, und dann kam ein seltsamer Vogel angeflattert und ließ sich, kaum eine Armlänge von Andrews Kopf entfernt, auf der Decke nieder. Der Vogel war fast so groß wie eine Krähe. Er sah aus wie ein Eichelhäher, nur daß er graues Gefieder hatte.

»Hallo«, sagte Andrew. »Was willst du von mir?«

Wie um die Frage zu beantworten, hüpfte der freche Vogel auf den Dörrfischbeutel neben Andrews Kopf und begann an dem saftigen gelben Fischfett zu picken.

»Du mußt aber sehr hungrig sein, wenn du keine Angst mehr vor Menschen hast«, sagte Andrew. »Laß es dir schmecken und friß ein bißchen von dem Fisch. Gut, daß du mich aufgeweckt hast.« Er reckte seine Arme und befühlte seine Muskeln.

»Hör mal zu, Vogel«, sagte Andrew. »Ich habe beschlossen, ich werde nicht mehr schlafen, bis ich Pashak und seine Freunde eingeholt habe. Ich hab es satt, so allein durch die Gegend zu irren. Du bist das erste Lebewesen, mit dem ich seit zwei Tagen und Nächten gesprochen habe. Nun ja, du bist zwar kein Mensch ... aber ...« Der Vogel krächzte und flog davon.

Andrew sprang auf, rollte die rote Decke zusammen, die sie ihm dagelassen hatten, band sie auf seinen Rucksack und marschierte los. Es schien ihm, als käme er schon viel besser auf seinen Schneeschuhen voran, aber bis zum späten Abend hatte er noch immer nichts von den Trägern gesehen. Wie er so auf seinen breiten Schneeschuhen über das Eis stapfte, hörte er wieder die Wölfe. Ihr schauriges Geheul verscheuchte alle Müdigkeit aus seinen Beinen, und sein halbvoller Rucksack kam ihm noch leichter vor. Das Flußbett hatte sich verengt, vor dem nächtlichen Himmel sah er die Silhouetten der Zwergfichten, die auf beiden Seiten die Ufer säumten.

Jetzt machte der Fluß eine Biegung, und Andrew sah einen rötlichen Lichtschimmer in der Ferne. Auf der verschneiten Uferböschung flackerte ein Feuer! Andrew rannte los. Er war so glücklich. Endlich ein Zeichen menschlichen Lebens! Als er näherkam, stimmten die Schlittenhunde ein wütendes Gebell an. Und dann sah er schattenhaft einen Naskapi, der vor das niedrige Zelt trat und in die Nacht lauschte.

»Andruuuu! Andruuuu!« schallte ihm eine Stimme

entgegen. »Was bin ich froh, dich wiederzusehen. Hab mir schon Sorgen um dich gemacht.«

»Oh, mir geht's ganz gut«, rief Andrew. Als er am Zeltplatz eingetroffen war, ließ er sich in den Schnee fallen und zog seine wunden Schultern aus den Rucksackriemen.

Pashak half ihm, die Schneeschuhe abzuschnallen und hängte sie an einen Baum, wo sie vor den scharfen Zähnen der Schlittenhunde sicher waren.

»Komm herein und iß mit uns«, sagte Pashak. »Du mußt müde und hungrig sein!«

»Heute bin ich gar nicht so müde wie gestern«, sagte Andrew. »Und ich kann immer besser auf den Schneeschuhen laufen. Wenigstens habe ich euch heute eingeholt.«

»Ich sag's dir nicht gerne«, meinte Pashak betrübt. »Aber ich habe die Träger gebeten, ein bißchen langsamer zu laufen. Ich hab ihnen gesagt, sie sollten das Camp heute früher aufbauen. Ich sagte, sie sollten auf dich warten. Die Träger warten nicht gerne auf jemand. Sie sagen, wenn sie warten, wird nie ein richtiger Schneeschuhläufer aus dir. Es ist gut für dich, sagen sie, wenn du rennen mußt, um die *Nenenat* einzuholen.«

Als Andrew ins Zelt kroch, schlug ihm das laute Stimmengewirr der Träger entgegen.

»Sie sagen, sie freuen sich, dich zu sehen, Andruuu«, dolmetschte Pashak. Der *wotshimao* – der »erste Mann« –, ein Kerl mit einer großen Narbe im Gesicht, deutete grinsend auf den Topf mit Haferbrei und den rußgeschwärzten Teekessel, dann tippte er sich mit dem Finger auf den Mund und sagte zu Andrew: »Iß!«

Andrew verschlang mit einem Holzlöffel den Haferbrei bis auf den letzten Rest und spülte alles mit heißem Tee hinunter. Dann wickelte er sich in seine Decke und legte sich wie alle anderen mit den Füßen ans Feuer.

Pashak hörte aufmerksam zu, was der *wotshimao* sagte, und übersetzte es für Andrew.

»Er hat gesagt, du lernst immer besser, auf Schneeschuhen zu laufen. Er sagt, morgen mußt du mit den anderen mitmarschieren. Paß auf, daß du nie die Toboggans aus den Augen verlierst.«

»Sage ihnen, das verspreche ich«, sagte Andrew. Noch im Einschlafen hörte er weit draußen auf dem Fluß die Wölfe heulen. Wie gut ist es hier, wieder in Sicherheit bei den »wahren Menschen«, dachte er. Nicht mehr allein da draußen auf dem einsamen Fluß . . .

Andrew erwachte von einem leichten Fußtritt in den Rücken. Er fuhr hoch und sah Pashak, der fertig angezogen vor ihm stand. Auch die Zeltplane, die gestern über seinem Kopf gehangen hatte, war verschwunden.

»Wir haben dich ausschlafen lassen«, sagte Pashak. »Aber jetzt beeile dich, und paß auf, daß du uns nicht aus den Augen verlierst. Mach schnell!«

Pashak drehte sich um und stapfte los, um die anderen einzuholen. Hoch wirbelten seine biberschwanzförmigen Schneeschuhe den trockenen Pulverschnee in die klare Luft.

Andrew rollte seine Decke zusammen, er band sich den breiten Wollgürtel um und zog seine Schneeschuhe an. Jetzt erst bemerkte er, daß sein Rucksack verschwunden war. Er suchte ihn überall – aber er war verschwunden. Andrew überlegte: Zuerst haben sie mir das Gewehr abgenommen, am zweiten Tag das halbe Gewicht meines Rucksacks, und jetzt sogar den ganzen Rucksack. Heute werde ich Schritt halten mit ihnen! schwor er sich. Sie tragen schwere Lasten, und ich gar nichts.

Aber es fiel Andrew nicht leicht, seinen Vorsatz zu halten. An diesem Tag lief er nicht hinter den »wahren Menschen« her – er rannte! Während er kräftig seine Beine schwang und sich bemühte, nicht über seine breiten Schneeschuhe zu stolpern, staunte er, wie schnell sich die Naskapi durch den tiefen Schnee bewegen konnten. Erst bei Einbruch der Dunkelheit holte er die Träger ein, als sie gerade anfingen, das Camp aufzuschlagen. Aber immerhin hatte er sie kein einziges Mal aus den Augen verloren – wie er Pashak versprochen hatte.

Beim Abendbrot – es bestand aus getrocknetem Karibufleisch und heißem Tee – erzählte Pashak seinem Freund, daß sogar der starke Mann, der sich Andrews Rucksack aufgeladen hatte, überzeugt war, es werde eines Tages doch noch ein echter Schneeschuhmann aus Andrew.

»Und er hat recht, Andruuu«, sagte Pashak. »Heute sind wir nicht extra wegen dir langsam gelaufen. Aber die Träger waren überzeugt, daß du heute abend wieder bei uns sein würdest. Sie sagten, wenn du dich tüchtig anstrengst, könntest du eines Tages ein ›wahrer Mensch‹ werden – wie wir.«

Pashak weckte Andrew am anderen Morgen in aller Frühe und sagte: »Heute mußt du es uns beweisen. Du mußt vor uns losmarschieren. Du darfst kein einziges Mal stehenbleiben! Iß unterwegs das Dörrfleisch und diesen Schiffszwieback. Iß es im Laufen; und paß auf, daß du immer vor uns bleibst!«

Andrew wollte sein Bestes tun. Er schwang sich den Rucksack auf die Schultern und rannte vor allen anderen los. Aber schon gegen Mittag hatten ihn die Träger beinah eingeholt. Am Nachmittag überholten ihn die drei schnellsten Männer. Andrew war so erschöpft, daß er sich am liebsten weinend auf den Boden geworfen hätte. Trotzdem schleppte er sich weiter. Die Tragriemen des Rucksacks schnitten so tief in sein Fleisch ein, daß seine Arme und Hände gefühllos wurden.

Wortlos zog Pashak an Andrew vorbei. Dann holte ihn der »erste Mann« ein. Schweigend langte er zu Andrew herüber und nahm ihm den Rucksack ab, ohne daß einer von beiden aus dem Schritt fiel.

Ohne die drückende Last fühlte Andrew sich so leicht, daß er meinte, sich in die Luft schwingen und über den anderen davonschweben zu können.

Langsam schob er sich an Pashak heran. Im Überholen griff er hinüber und nahm Pashak das Gewehr von der Schulter.

»Merci beaucoup«, lachte Pashak. »Das hab ich von den Franzosen am anderen Ufer gelernt. Es heißt ›vielen Dank‹.«

Dann sprach keiner mehr ein Wort, bis sie in der anbrechenden Dunkelheit das Camp aufschlugen und ihr Abendbrot aßen. Danach legten sie sich hin und schliefen fest bis zum nächsten Morgen.

»Nur noch ein Tag, dann machen wir eine längere Rast«, sagte Pashak. »Wir kommen bald zum Platz der Karibus, und wir brauchen Fleisch. Dort wollen wir einen Viertel-, vielleicht einen Halbmond bleiben. Ohne Nahrung können wir nicht weitergehen.«

Die Landschaft hatte sich stark verändert. Oben im Norden, an den Küsten der Ungava Bay, gab es kaum Bäume. Jetzt aber führte ihr Weg immer öfter an kleinen Wäldchen vorbei, obwohl sie sich noch tausend Meilen nördlich vom St.-Lorenz-Strom befanden. Meist waren es winzige Zwergfichten, von den arktischen Stürmen so zerzaust, daß die Stämme nur an der Südseite Zweige hatten. Ab und zu kamen sie auch an lichten Birkenwäldchen vorbei, und am Ufer entdeckte Andrew einzelne Weiden- und Erlenbüsche. Auch der Schnee war hier viel tiefer, und manchmal zogen sich Fuchsfährten im Zickzack durch das Flußbett. Einmal hatte Pashak seinem Freund die breite Tatzenspur eines Luchses gezeigt.

»Die Träger sagen, wir hätten schon längst Karibufährten finden müssen. Aber wir haben noch keine einzige entdeckt«, sagte Pashak.

Lange bevor sie um die nächste Flußwindung bogen, sahen sie von ferne zwei dünne weiße Rauchsäulen, die kerzengerade in den blauen Abendhimmel aufstiegen.

»Ich hoffe, das ist Miumskums Familie.« Pashak streckte die Hand nach den Rauchsäulen aus. »Um diese Jahreszeit, bevor die richtige Kälte kommt, schlagen sie immer ihr Camp in dieser Gegend auf.«

»Bevor die richtige Kälte kommt?« staunte Andrew. »Ich hätte nie gedacht, daß es so kalt sein könnte wie hier!«

»Warte nur«, sagte Pashak. »Im Mittwintermond wirst du wissen, was wirkliche Kälte ist. Du wirst den gefrorenen Saft in den Bäumen knallen hören und ihre

Äste wie abprallende Pfeile vom Stamm fallen sehen. Und du wirst sehen, wie die ›wahren Menschen‹ im Winter überleben.«

Pashak deutete zum Flußufer hinüber. »Andruuu, halte die Augen auf, wenn wir ins Camp kommen. Du wirst eine sehr interessante Familie kennenlernen. Und noch etwas«, flüsterte er und zeigte Andrew eine hohe schmale Hütte aus Baumrinde, die etwas abseits stand. »Das ist ein Zauberhaus.«

Miumskums Camp

Die Karibus waren nicht zur Flußgabelung gekommen. Das bedeutete Hungersnot.

Der alte Miumskum hockte in seinem zerschlissenen Zelt und wiegte seinen Oberkörper vor und zurück. Wie ein riesiger Vogel mit zerzaustem Gefieder sah er aus, und seine Nase wirkte wie ein vorspringender Schnabel. Miumskum hatte Sorgen. Er versuchte, seinen Geist auf die Suche nach den Karibus zu schicken. Er hielt ein Karibuhorn in der Hand und streichelte mit seinen gichtigen Fingern die feinen Rillen, die wie Karibufährten in der Tundra aussahen. Mit zusammengekniffenen Augen summte Miumskum Zauberformeln und klopfte dabei mit den Fingernägeln auf das Horn. Es hörte sich an wie das Klappern von Karibuhufen auf steinigem Boden. Jetzt neigte er den Kopf und lauschte auf Zeichen oder Klänge. Er beobachtete die aus dem Feuer aufsteigenden Funken, ob sie nach Osten oder Westen schwebten, ob sie die geheime Fährte der ersehnten Karibus verrieten. Mit nickendem Kopf und geschlossenen Augen wartete er auf eine heilige Vision. Nichts geschah.

»Packträger kommen auf dem Fluß! Hunde ziehen zwei Toboggans!« Durch die rauchgeschwärzten Wände seines Zelts hörte Miumskum das Geschrei der Kinder, deren scharfen Augen nichts entging. »Die Männer kommen heimlich, ohne Schlittenglocken. Es sind ›wahre Menschen‹, unsere Männer. Seht nur, ihre Schneeschuhspur führt zu unserem Camp.«

Osken hatte bei seinem Vater im Zelt gesessen und sein geheimnisvolles Tun beobachtet. Jetzt stand er auf und schlich sich leise zum Eingang. Trotzdem hörte der alte Miumskum seinen Sohn. Er schrak auf und legte sich hüstelnd noch ein Karibufell über die Schultern. Osken schlug die Zeltklappe zurück und schlüpfte hinaus. Er holte tief Luft. Die kalte Herbstluft kitzelte ihn in der Nase, und ein Frösteln lief über seinen Rücken. Auch der alte Miumskum kam neugierig aus dem Zelt. Er legte die Hand über seine alten Augen und starrte auf das verschneite Flußbett des Koksoak hinaus.

»Da kommen Männer, sagtest du?« fragte er mit einer Stimme, rauh wie Sandpapier.

»Ja, ja, wir sehen acht Männer und zwei Toboggans«, flüsterte seine jüngste Tochter Atich. »Man kann sie kaum sehen im Schatten der Uferböschung«, setzte sie rasch hinzu – aus Rücksicht auf seine schwach gewordenen Augen. »Osken sagt, es sind *washkanenken inno*, Packträger aus Chimo. Oskens junge Frau Wapen hat ihm erzählt, daß sie ins Inland wandern und ein Tauschhaus bauen wollen.«

Wapen sah dem Alten fröhlich ins Gesicht. »Vielleicht kommt mein Bruder Pashak mit ihnen!«

»Setzt Fischsuppe aufs Feuer«, kicherte Miumskum, »damit sie den Duft riechen. Wenn es ›wahre Menschen‹ sind, werden sie gelaufen kommen und mit uns feiern. Wir werden sehen, wir werden sehen.«

Wapen und Atich beeilten sich und warfen dürre Äste auf das Feuer vor dem Zelt. Ein Funkenregen schwebte in die kalte Nacht hinauf.

»Sie sehen das Feuer. Sie riechen den Fisch. Sie kommen gelaufen!« rief Wapen zitternd vor Aufregung. »Ich sehe Pashak. Er kommt mit den Männern zu uns.«

»Acht – neun – zehn Hunde«, zählten die Kinder.

»Sie ziehen große Geschenke auf zwei Toboggans«, jubelte Atich. »Die stärksten Männer kommen zu uns, zu unserem Festschmaus!«

»Schafft die größten Forellen herbei«, rief Miumskum. »Kocht sie in unserem größten Kessel. Packträger sind immer hungrig!«

»Ah, wir werden sie satt machen«, rief Atich und rannte vor Aufregung kichernd zu den beinah letzten Fischvorräten. »Seht nur, die neuen roten Decken, die sie auf ihren Rucksäcken festgebunden haben. Seht nur die großen Rucksäcke, die sie tragen.«

Während sie die Uferböschung hinaufkletterten, sagte Pashak zu Andrew: »Meine Schwester Wapen ist mit Osken verheiratet. Osken ist Miumskums Sohn. Sie wohnen in diesem Camp.« Er machte eine Pause. »Ich sehe kein Fleisch an den Bäumen hängen. Ich glaube, sie haben Besuch von der Eule gehabt.«

»Besuch von der Eule?« Andrew verstand nicht.

»Ja«, nickte Pashak. »Wahrscheinlich hatten sie ihr Camp zuerst dort unten im flachen Gelände aufgebaut, und dann flog eine Eule über ihre Zelte – das bedeutet Unglück. Darum hat der Häuptling Miumskum befohlen, das Camp auf die Hochebene zu verlegen. Hier ist es windig. Ein schlechter Platz für ein Camp. Aber hier fliegen keine Eulen. Die Eulen lieben das flache Land, und sie wollen es mit niemand teilen. Siehst du, meine Schwester Wapen und die anderen Frauen haben Jacken und Mützen und Leggins vor den Zelten aufgehängt. Sie wollen der Eule zeigen, daß sie reiche Leute sind. Daß ihre Jäger viele Kleider zum Wechseln haben.«

Es war schon dunkel, als sie in Miumskums Camp eintrafen. Andrew und Pashak klopften sich den Pulverschnee von den Leggins und schauten fröhlich, als hätten sie nicht sechs mühsame Tagesmärsche hinter sich. Miumskum hieß die Wanderer der Reihe nach willkommen und beobachtete wohlgefällig, wie sie ihre Hunde ausspannten und nach der fetten Forellensuppe schielten.

»Das ist meine jüngere Schwester Wapen«, sagte Pashak zu Andrew. »Ihr Name bedeutet ›Stern‹.«

Wapen war hübsch und schüchtern, sie hatte große schwarze Augen und ein breites Lächeln, das ihre ebenmäßigen weißen Zähne zeigte. Als sie ihren Bruder sah, weinte sie vor Freude. Sie war noch nicht lange verheiratet und hatte oft Sehnsucht nach ihrer Familie.

Gemeinsam bauten sie die zwei kleinsten Zelte im Camp ab. Aus diesen Planen und der großen Zeltbahn der Packträger, die sie über einen Firstbalken hängten, bauten sie ein großes Zelt – ein richtiges Langhaus. Es war so groß, daß fünf Feuer nötig waren, um es zu heizen. Mehr als dreißig Menschen konnten in dieser Festhütte schlafen und schmausen. Wo so viele Jäger versammelt waren, würde man bald wieder Fleisch haben!

Die Frauen streuten dichte Fichtenzweige rund um die Feuerstellen auf den Boden. Als die fünf Feuer flackerten, verbreiteten sie einen warmen tanzenden Lichtschein im Zelt. Die Kinder lachten vor Freude über diese herrliche Festhütte.

Die Packträger verteilten kleine Geschenke, und dann wurden mit dem guten Tabak aus dem Handelsposten zwei neue Pfeifen gestopft und in der Hütte herumgereicht. So stark war der Tabak, daß die meisten erbärmlich husten mußten, aber sie taten so, als wären sie ganz begeistert.

»Nun«, keuchte Miumskum und räusperte sich, bis er endlich wieder sprechen konnte. »Wie ich sehe, habt ihr Decken und schöne Perlen und starken Tabak. Wir müssen euch sagen, daß unser Fischvorrat schon halb aufgegessen ist. Und die Karibus sind nicht gekommen.«

Pashak flüsterte Andrew zu: »Wir sind heute alle zu müde, um uns Sorgen zu machen. Wir werden schon Nahrung finden.«

Andrew war so erschöpft, daß er sogleich einschlief. Pashaks Schwester Wapen weckte ihn wieder auf und ermahnte ihn, sich fest in seine Decke einzuwickeln. Die Feuer würden ausgehen, und am anderen Morgen würde es bitter kalt sein im Zelt.

Ja, es wurde bitter kalt. Über Nacht war in den rußgeschwärzten Töpfen und Kesseln dickes Eis entstanden.

Andrew erwachte und sah glitzernden Rauhreif an der Zeltbahn über ihm. Er kuschelte sich noch tiefer in seine warmen Decken. Jetzt war alles gut. Er hatte den größten Teil der langen Wanderung überstanden und war mit den »wahren Menschen« gut ausgekommen! Er bewegte seine Beine. Sie waren nicht mehr so steif und schmerzten auch nicht mehr so wie am Anfang. Nur an den Schultern, wo die Rucksackriemen ihm die Haut aufgescheuert hatten, spürte er Schmerzen. Aber ich weiß jetzt, worauf es ankommt, dachte er. Nie wieder werde ich zurückbleiben!

Als die Frauen aufgestanden waren, holten Pashak und Andrew einen Sack Haferflocken und einen Krug Sirup aus ihrem Gepäck. Bald dampfte ein köstlicher Haferbrei, und alle im Camp verspeisten ein gewaltiges Frühstück, das sie mit schwarzem Tee hinunterspülten. Danach gingen Pashak und Andrew hinaus und sahen nach dem Wetter. Mit den letzten Resten vom Haferbrei fütterten sie die hungrigen Hunde.

»Die Dinge stehen schlecht hier im Camp«, flüsterte Pashak. »Wir haben gestern zu viele Fische gegessen, und mit unserem Dörrfleisch und unseren Haferflocken müssen wir haushalten, sonst werden wir nie den Geistersee erreichen.«

»Die Karibus sind nicht gekommen«, sagte Osken, und Pashak übersetzte für Andrew: »Niemand weiß, warum sie nicht gekommen sind. Vielleicht war es die Eule, die . . .«

»Ach, das ist doch ein alberner Aberglaube«, unterbrach Andrew.

»Sag das nicht«, flüsterte Pashak. »Miumskum hat

Männer geschickt, den Schamanen zu holen. Er ist der einzige, der die Karibus zu uns bringen kann. Darum haben sie auch ein *mistapeo*, ein Zauberhaus, gebaut.«

»*Kosabattom! Kosabattom!*« stieß Atich hervor und flüchtete sich ins Zelt.

»*Kosabattom* heißt Schamane«, sagte Pashak. »Also kommt er bereits. Er heißt Cut Cheek. Manche Menschen krümmen sich vor Angst, wenn sie ihn nur von weitem sehen.«

Tatsächlich – durch das Fichtengehölz kam ein alter Mann angeschlurft. Schon von weitem sahen sie die wüsten Bilder und Muster, mit denen sein Mantel und sein Toboggan verziert waren. Die Kinder rannten davon und versteckten sich hinter ihren Eltern. Und jetzt tauchte auch der dürre Gehilfe des Schamanen auf, der den Toboggan schob.

»Cut Cheek ist gekommen!« kreischten die Kinder. »Er wird unsere Füße in Eulenklauen verzaubern, er wird Würmer aus unseren Ohren kriechen lassen.«

»Wir werden ihm Geschenke geben, und er wird euch nichts tun«, sagten die Eltern.

»Ruhig«, brummte Miumskum. »Dieser Zaubermann hat Ohren, so scharf wie die einer Füchsin. Er hört jedes Wort, das ihr sprecht. Ich habe den Zaubermann geholt, damit er uns hilft, die Karibus zu finden. Ich habe ihn nicht geholt, damit er die Münder vorlauter Kinder in Vogelschnäbel verzaubert. Habt ihr mich verstanden?«

Zur Begrüßung wurde der große Kessel, aus dem sie am Abend geschmaust hatten, über das Feuer gehängt, und er verbreitete bald wieder den herrlichen Duft gesottener Forellen.

Als Cut Cheek die kräftigen jungen Jäger sah, die seine Ankunft beobachteten, riß er sich die Schlittenleine von der Brust und warf sie in den Schnee. »Sollen die anderen unseren Toboggan in das Camp ziehen«, rief er seinem dürren Gehilfen zu. »Ich bin müde.«

Er holte einen Fellbeutel unter der Schlittenplane hervor und schlurfte zur Feuerstelle, wo der Schnee von Rauch und Asche grau geworden war. Flink schnallte er seine Schneeschuhe ab. Der Gehilfe hängte sie an einen Baum und gab einem Hund, der sich Cut Cheek zu nähern wagte, einen Fußtritt. Zielstrebig gingen die beiden ins Festzelt. Die große Zauberhütte, die extra für den Schamanen gebaut worden war, würdigten sie keines Blickes.

Der Zaubermann

Gierig stürzten sich Cut Cheek und sein dürrer Gehilfe auf die Forellensuppe, während alle anderen ihnen zuschauten. Sorglos spuckte der Zaubermann Fischgräten ins Feuer.

»Was ist mit den Karibus?« fragte Miumskum. »Wann werden sie zu uns kommen?«

Cut Cheek schob die leere Schüssel von sich und wischte sich mit dem Handrücken über den Mund. Er lächelte hochmütig und sagte: »Willst du, daß ich zu *Katipinimitaoch* fliege, zum Karibumann, und ihn für dich bitte, daß er dir seine warmbehaarten Kinder schickt?«

»So ist es«, sagte Miumskum und blickte den Zaubermann durch den Rauch des Feuers eindringlich an.

Dieser erwiderte schweigend seinen Blick. Dann stützte er seinen Kopf auf den Arm. Seine grausamen Augen funkelten im Feuerschein – wachsam wie die Lichter eines hungrigen Luchses.

»Wann werden die Karibus zu uns kommen?« fragte Miumskum wieder.

Cut Cheeks Augen wanderten von einem Gesicht zum anderen. Listig musterte er jeden einzelnen. »Ich habe nicht gefragt. Ich weiß es nicht«, antwortete er.

»Wirst du hingehen und für uns sprechen?« flehte Miumskum. »Wir sind vier Familien, und da sind unsere Gäste. Müssen wir uns trennen, oder dürfen wir es wagen, hier beisammenzubleiben?«

»*Katipinimitaoch*, der Karibumann, weiß die Antwort auf deine Fragen.« Cut Cheek nickte nach Osten, zu den Geisterbergen.

»Wirst du in die Zauberhütte gehen und ihn fragen?« fing Miumskum wieder an. Er legte eine neue Pfeife und zwei Päckchen Tabak vor den Schamanen.

Cut Cheek stieß höhnisch die Luft aus. Er wandte den Kopf ab und schüttelte seinen Sack voller Zauberamulette. »Das ist keine leichte Reise, die man für eine billige Pfeife und ein paar Päckchen Tabak unternehmen kann.«

»Nimm auch dies«, sagte Miumskum und legte sein bestes Messer mit der gebogenen Stahlklinge vor den Schamanen. Der Zaubermann, dessen Jacke mit Symbolen von Mond und Sternen und Ungeheuern, halb Mensch, halb Tier, bemalt war, starrte die Packträger und Andrew und Pashak und die Jäger von Miumskums Familie der Reihe nach feindselig an.

»Die Reise, die ihr von mir verlangt, ist sehr gefährlich. Ich muß schneller fliegen als der Rabe des Todes, der gewiß versuchen wird, mir die Augen auszuhacken.«

Miumskum holte eine kostbare Spule Fallendraht hervor, und einer der Träger schob dem Schamanen ein Beutelchen Kandiszucker zu. Wapen und Miumskums Tochter nestelten sich silberne Broschen von ihren Kleidern und legten sie neben das Feuer.

Cut Cheek raffte alle diese Gaben an sich. »Die anderen Geschenke könnt ihr mir später geben. Und jetzt rasch – häng die Trommel auf«, befahl er seinem dürren Gehilfen. »Seid alle still. Ich will versuchen, den gehörnten Mann für euch zu finden.«

Cut Cheek warf köstlich duftende Würznadeln und abscheulich stinkende Mäusefelle ins Feuer. Während ein dicker Qualm aufstieg und das ganze Zelt erfüllte, begann er seinen klagenden Singsang, den er mit rhythmischen Trommelschlägen auf seinem Tamburin begleitete. Zuerst ahmte er das Krächzen eines Raben nach.

Kak, kak, kaak!
Rabe, hilf mir, hilf mir.
Rabe, zeige mir einen Pfad in den Himmel.
Zeige mir einen heiligen Pfad.
Führe mich, Rabe, zu den Bergen.
Zu dem gehörnten Riesenmann.
Sage ihm, daß ich komme.
Der Kosabattom-Mann kommt zu ihm,
Seine Hilfe zu erflehen für die wahren Menschen.
Kak kak, kak kak.
Kak kak, kaaan!

»Junge, hülle mich in die Zauberdecken ein!« schrie der Schamane jetzt mit schriller Stimme. »Ich höre das Flattern dunkler Flügel.«

Eifrig entrollte der Gehilfe Häute und Decken, die im Zelt aufgespannt wurden, um den Schamanen vor den Blicken der anderen zu verbergen.

Andrew spürte, wie sein Kopf unwillkürlich im Takt wackelte und seine Finger zuckten, während er wie alle anderen dem rhythmischen Pochen der Trommel lauschte.

»Ich glaube, ich fliege. Fliege! Fliege! Raus aus dem Zelt mit dir!« brüllte der Schamane den Gehilfen an, und dann kreischte er: »Jetzt fliege ich« – und auf einmal fing das ganze Zelt an zu wackeln, als würde es von einem heftigen Sturm geschüttelt. »Höher! Höher! Ich fliege immer höher!« Cut Cheeks Stimme überschlug sich.

Sogar Andrew kam es so vor, als schwebte die Stimme des Schamanen hoch über ihnen. Die Frauen heulten vor Angst, die Kinder wimmerten, die Männer hielten die Luft an, preßten sich die Hände über die Ohren und starrten einander aus weit aufgerissenen Augen an. Sie warteten – kein Mensch wußte wie lange. Irgendwann hörten sie draußen den Zaubermann von Osten zurückgeflogen kommen; sie hörten das »Kak-kak« eines Raben, der sich mit raschem Flügelschlag aus dem Nachthimmel herabstürzte; und plötzlich hörte das Zelt auf zu wackeln.

Keuchend kam der dürre Gehilfe des Schamanen ins Zelt gesprungen und riß die am Firstbalken aufgehängten Felle herunter. Alle sahen, daß der Schamane verschwunden war. Sie rannten zur Zauberhütte, und dort fanden sie Cut Cheek. Er zitterte wie ein Sterbender, und sein Gesicht war blaß und schweißgebadet.

»Hast du ihn gesehen?« schrie Miumskum. »Hast du *Katipinimitaoch* gesehen? Hast du den gehörnten Mann gesehen?«

»Ja, ja, ich sah ihn« murmelte Cut Cheek, während sein Gehilfe ihm heißen Tee einflößte.

»Was hat er gesagt?«

»Euer ›erster Mann‹ soll euch führen.« Cut Cheek zeigte auf Miumskum. »Ihr sollt alle gemeinsam auf die Jagd gehen – dort drüben.«

Er winkte mit der Hand nach Westen. Dann fing er wieder mit seinem Zaubergesang an und trommelte den Rhythmus auf der Rindenhaut der hohen Zauberhütte.

Drehen, wirbeln
Furcht und Panik
Seht die Tiere
Tief im Schnee . . .

»Was bedeuten diese Worte?« flüsterte Andrew. Pashak übersetzte sie ihm. »Aber ich verstehe immer noch nichts«, sagte Andrew.

»Er will sagen, glaube ich, wenn die Karibus kommen, sollen wir sie an eine Stelle treiben, wo tiefer Schnee liegt. Er sagt, wir sollen sie mit Speeren stechen, damit wir die anderen nicht durch das Krachen unserer Gewehre verscheuchen.«

Als Cut Cheek seinen Gesang beendet hatte und mit einem Reiherflügel das Feuer anfachte, fragte Andrew furchtlos: »Wie sieht *Katipinimitaoch* aus?«

Der Zaubermann starrte ihn an, holte tief Luft und

mußte wegen der scharfen Dämpfe des Holzkohlenfeuers husten. Er wandte sich zu Pashak um.

»Sage dem weißen Jungen, daß der gehörnte Mann den Kopf eines großen Karibubullen und den mächtigen Körper eines Mannes hat«, sagte Cut Cheek. »Sein langer Mantel ist mit geheimnisvollen wunderschönen Zeichen bemalt. Ich werde diese Zeichen auf eure Zeltwände malen, in seinen Farben – blutrot, rabenschwarz, luchsaugengelb. Er hat mir roten Ocker in einem heiligen Beutel gegeben«, sagte Cut Cheek. »Aber ich warne euch, das wird teuer! Jede Form und jede Linie, die ich zeichne, kostet ein extra Geschenk.«

»Wann kommen die Karibus?« fragte Miumskum.

Cut Cheek hielt sich den Mund zu und streckte die andere Hand über das Feuer. Er sagte kein Wort, bis Wapen ihm ein paar Handschuhe und ein paar Mokassins in seine gierige Klaue legte.

»Morgen, wenn der Wind schweigt«, sagte Cut Cheek. »Wir werden uns trennen, und alle Familien werden sich im Winterwald verstecken, und wir werden uns über die Hügel verteilen und dort Ausschau halten. Ihr dürft keinen Rauch aufsteigen lassen, und die Frauen sollen dafür sorgen, daß die Kinder still sind. Heute abend werden wir *mokoshar* feiern, unser heiliges Ritual mit den Markknochen des Karibu. Erst wenn das geschehen ist, wird der Karibugeist euch seine Kinder schicken – falls ihr alle meine Worte befolgt.«

Sieben Tage hintereinander gingen sie auf die Jagd, aber es kam kein einziges Karibu zu ihnen.

Am achten Abend schenkten Miumskums Leute dem

Schamanen ihren letzten Fisch. Arglos lauschten sie in die Nacht hinaus, wo er leise die Trommel schlug. Sie hörten ihn singen:

Jetzt, jetzt, jetzt!
Breite Geweihe, hurtige Hufe,
Warmbehaarte Freunde,
Kommt zu den wahren Menschen.
Jetzt, jetzt, jetzt!

Das einzige, was kam, war ein gewaltiger Sturm. Vom Atlantischen Ozean peitschte er über die schroffen Berge Labradors. Der Sturm brachte Regen mit sich, der sich über der Ungava Bay in Schneematsch verwandelte und das Binnenland mit einer dicken Eiskruste überzog. Dann kam der Schnee und begrub alles unter sich.

Andrew schauderte. Alle saßen im großen, eisverkrusteten Zelt beisammen. Sie lauschten auf das Geheul in den Lüften. Es hörte sich an, als rasten böse Geister oder die Wilde Jagd über die Tundra und zausten die froststarren Zweige der Zwergfichten.

»Vielleicht sind die Karibus nördlich oder südlich von unserem Camp vorbeigezogen«, sagte Miumskum. »Als ich heute früh aus dem Zelt ging, sah ich in der Asche des Feuers ein Todeszeichen.«

»Die Leute sagen, es gibt nichts mehr zu essen«, sagte Pashak traurig zu Andrew. »Wir müssen diesen Ort des Hungers verlassen, bevor es zu spät ist.«

»Cut Cheek hat seine Macht verloren«, flüsterte Osken. »Er stiehlt uns unsere guten Tauschwaren und gibt uns dafür nichts als Lügen.«

»Gib mir meine Handschuhe wieder!« schrie Wapen Cut Cheek an.

»Du hast dir den Schlingendraht und den Kandiszukker nicht verdient«, knurrte der Führer der Träger. »Gib sie uns wieder!«

Cut Cheek versprach, die Gaben zurückzugeben. Vorher aber wollte er noch einmal in den Wald gehen und alle Geister anrufen. Kaum war er draußen, schnappte er sich die Zugleine seines Toboggans und verschwand in großer Eile. Er zog nach Osten, um glücklichere Familien zu besuchen. Sein hektischer Gehilfe rannte hinterher.

Wapen sagte: »Ich glaube, es war dieser dürre Gehilfe, der das Seil an die Firststange band und das Zelt wackeln ließ. Was glaubst du?«

Pashak antwortete nicht.

»Wir müssen uns trennen«, sagte Miumskum. »Jede Familie muß allein versuchen, Nahrung zu finden und am Leben zu bleiben.«

Als sie sich die Schneeschuhe anschnallten, sahen Wapen und Pashak sich lange an. Sie wußten, es konnte das letztemal sein. Aber falls sie den Winter überlebten, wollten sie sich, wenn die Wildgänse zurückkehrten, bei den singenden Wasserfällen wiedersehen.

Miumskums Familie zog nach Südosten, die anderen zerstreuten sich in verschiedene Richtungen, alle auf der verzweifelten Suche nach den Karibus.

Ohne Proviant, aber mit den Tauschwaren des Handelspostens in ihren Packsäcken, verließen auch Andrew und Pashak und die Träger im Gänsemarsch das Camp. Die Hunde zogen die Toboggans. So wanderten sie im Flußbett nach Südosten und hielten nach Zeichen Ausschau, die sie zu den verirrten Karibus führen mochten.

Vielleicht wären sie nie von dieser Reise wiedergekehrt, hätten sie nicht am zweiten Tag Hunderte von Schneehühnern entdeckt, zierliche, weißgefiederte Vögel mit pelzigen Beinen, deren festes rotes Fleisch ihnen neue Kräfte schenkte.

Nach weiteren drei Tagen erreichten sie den Geistersee.

»Hier ist es«, sagte Pashak und streckte die Hand nach den verschneiten Bäumen aus.

Sie suchten sich die beste Stelle für den Bau der Hütte des Außenpostens, luden die Toboggans und die schweren Rucksäcke ab und bauten ein provisorisches Camp. Aber sie waren hungrig – und sie hatten schon wieder kein Fleisch mehr.

»Wir sollten uns in alle Richtungen verteilen und jeder für sich auf die Suche gehen«, sagte der Führer der Träger. »Wir *müssen* die Karibus finden!«

Aber sie fanden kein einziges. In ihrer Verzweiflung hackten sie Löcher in das dicke Eis und versuchten, Seeforellen zu angeln. Aber sie fingen kaum eine. Sie machten Jagd auf Hasen und Schneehühner, aber sie erbeuteten nur so viel, um sich gerade am Leben zu erhalten. Jeden Morgen kam es Andrew so vor, als könne es nicht noch kälter werden – doch es wurde immer noch kälter. Die Kälte war so grausam, daß gefrorene Baumstämme wie mit einem Pistolenknall barsten.

Mit ihren Schneeschuhen schaufelten die Träger den Schnee von der Baustelle weg. Sie hackten mit Äxten und Messern die Balken für das Fundament des Außenpostens. Es sollte eine kleine Hütte werden – dafür aber leicht zu heizen. Mit ihren Hackmessern und krummen

Dolchen zimmerten sie einen Fensterrahmen und eine stabile Tür.

Die beiden Schlittenführer waren nicht weniger fleißig als die Träger. Bei jedem Wetter gingen sie aufs Eis zum Fischen. Aber mit so wenig Nahrung, das wußten alle, konnten sie es in dieser kalten Wildnis nicht lange aushalten.

»Sie wollten uns helfen, die Wände und Dachbalken unserer Hütte aufzurichten«, sagte Pashak. »Dann könnten wir eine Zeltplane drüberspannen, bis wir Zeit haben, Dachschindeln zu schnitzen. Aber es geht nicht. Die Männer müssen sich beeilen, nach Fort Chimo zurückzukehren, sonst verlieren sie ihre Kraft.«

»Hier wird niemand kommen, um Handel zu treiben«, sagten die Träger, »außer den Geistern des Hungers. Wir sind *washkanekan inno*, Leute aus Fort Chimo. Wollt ihr nicht mit uns nach Hause gehen?«

»Geht nur«, sagte Pashak, »und nehmt die Hunde mit. Hier gibt es nichts zu fressen für sie.«

»Wir sind entschlossen zu bleiben«, sagte Andrew. »Wir werden Nahrung finden, und wir werden den Außenposten fertigbauen.«

Am andern Morgen sagten Pashak und Andrew den Trägern good bye. Sie winkten den Männern nach, die mit ihren flachen Packsäcken und einem leeren Toboggan rasch in der Ferne verschwanden. Sie hatten es eilig, der schweigenden Einöde des arktischen Waldes zu entkommen und wieder in das offene Land ihrer Heimat, zu ihren Familien zurückzukehren.

An diesem Tag arbeiteten Pashak und Andrew verbissen drauflos, nur um nicht daran denken zu müssen, wie hungrig und einsam sie waren. Sie fällten viele Bäumchen mit dichten Ästen und stellten sie rund um ihr Zelt. Sie legten eine doppelte Schicht Fichtenzweige auf den Boden und verbesserten den Rauchfang, damit nicht der Wind hereinwehte. Draußen auf dem vereisten Geistersee hörten sie den klagenden Chor der hungrigen Wölfe.

In der Nacht schliefen Andrew und Pashak sehr unruhig, und sie erwachten früh, bevor es hell wurde. Sie horchten in die Dunkelheit.

Beim ersten Dämmerlicht schürten sie das Feuer, tranken Tee und versuchten, an fröhlichere Dinge zu denken. An irgend etwas, das ihnen die Gedanken an mächtige Zwerge und böse Geister verscheuchte, die angeblich in unterirdischen Höhlen hausten.

»Als wir auf Schneeschuhen über den Fluß wanderten«, sagte Andrew, »habe ich mir immer vorgestellt, wie es am Geistersee aussehen mag. Ich habe sogar von ihm geträumt – im Traum sah ich ihn blau und offen wie im Sommer.«

Pashak lachte. »Meistens glaube ich an Träume«, sagte er. »Aber dieser Geistersee ist eine einzige Eisfläche, so groß, daß wir das gegenüberliegende Ufer nicht sehen können.«

»Und ich hab mir vorgestellt«, sagte Andrew, »wir würden an seinen Ufern den Rauch aus friedlichen Indianerdörfern aufsteigen sehen; wir würden Wildgänse über seine Wasser fliegen und Lachse durch die Stromschnellen springen und unzählige Karibus auf der Tundra äsen sehen.«

»Und statt dessen«, sagte Andrew, »sind wir mitten in einen Alptraum geraten. Von Karibus keine Spur, und wir sind allein und werden langsam verhungern. Wir haben unsere Tauschwaren vor dem Zelt aufgestapelt, aber es gibt nichts zu essen, und es kommt keine Menschenseele, um mit uns Handel zu treiben.«

Sie arbeiteten vier weitere Tage. Andrew hängte ununterbrochen die Angel ins Wasser und fing nur eine magere Forelle. Pashak ging auf die Jagd und erlegte zwei Schneehühner. Sie bauten ein Hochlager und versteckten sorgfältig die Tauschwaren des Handelspostens. Dann kam ein Schneesturm und verwischte alle Spuren. Er nahm ihnen aber auch den letzten Mut.

»Wenn der Sturm nachläßt, müssen wir aufbrechen«, sagte Pashak. »Solange wir noch die Kraft dazu haben.«

Am nächsten Morgen, als Andrew erwachte, hatte der Sturm aufgehört. Pashak saß aufrecht in seiner Decke und gab Andrew ein Zeichen.

»Hast du etwas gehört?« flüsterte Andrew.

»Das war der Ruf eines *uskatcon* – ein grauer Raubvogel, der alle anderen Tiere warnt und ihnen verkündet, daß er Menschen gesehen hat. Oder – irgendwelche Wesen, die er für Menschen hält.«

Pashak schlüpfte in seine Mokassins und warf sich den Mantel über die Schultern. Vorsichtig schob er die Zeltklappe zurück und trat hinaus. Durch die Zeltplane, die sich unter ihrer Schneelast bog, flüsterte er: »Andruuu, Andruuu, komm schnell heraus. Ich sehe die bleichen Geister von Menschen über den See laufen.«

Der Geistersee

Andrew schälte sich aus seinen Decken, streifte die knielangen Mokassins über und lief zu Pashak hinaus, der starr vor Schreck auf den See deutete. Im wabernden Eisnebel sahen sie ein Halbdutzend silbrige Gestalten herankommen. Sie schienen über das Eis zu schweben.

»Dieser See heißt der See der Toten«, flüsterte Pashak. »Wir sind die einzigen lebenden Menschen hier. Da draußen, das sind keine menschlichen Wesen. Ich sage dir, es sind Geister.«

»Wo ist das Fernrohr?« fragte Andrew.

»In der Blechkiste«, sagte Pashak.

»Warte, ich hole es«, flüsterte Andrew und huschte zur Kiste. Er holte das Fernrohr heraus, polierte die beschlagenen Linsen, zog das Teleskop aus und spähte auf das Eis hinaus.

»Jetzt sehe ich nichts mehr«, sagte Pashak. »Sie sind verschwunden. Das Fernrohr des weißen Mannes wird dir nicht helfen, Geister zu sehen.«

Andrew spähte lange in den Eisnebel hinaus, aber

die geheimnisvollen Gestalten blieben verschwunden. »Schätze, du hast recht«, sagte Andrew und schob das Glas zusammen.

»Schau nur, schau!« rief Pashak plötzlich. »Da kommen sie wieder!«

Und wirklich, da tauchten neun Gestalten aus dem Schneetreiben auf.

»Laß mich mal durchs Fernrohr schauen«, sagte Pashak und stützte es auf Andrews Schulter.

»Es sind echte Menschen! Keine Geister!« rief Pashak. »Es ist die ganze Agawan-Familie. Meine Schwester Phim müßte bei ihnen sein. Aber was treibt sie so weit nach Süden?«

Pashak sprang zu der Fichte, an der seine und Andrews Schneeschuhe hingen.

»Los, komm mit, ich will mit ihnen sprechen und sie fragen, ob auch andere Familien kommen werden. Ich will sie fragen, wohin sie gehen. Schnell, bis wir sie einholen, sind sie halb über den See. Agawans Leute sind berühmt dafür, wie schnell sie auf Schneeschuhen laufen können, besonders draußen auf dem offenen Eis, wo der Wind sie von hinten schiebt.«

Ohne die drückende Rucksacklast kamen Andrew und Pashak auf der leicht verschneiten Eisfläche gut voran. Sie waren vielleicht eine Meile gelaufen, da blieb Pashak stehen und schnallte seine Schneeschuhe ab.

»Warum das?« fragte Andrew.

»Sieh her«, sagte Pashak und stampfte mit dem Fuß auf. »Der Wind hat den Schnee festgeblasen, er ist so hart wie die Erde. Binde dir die Schneeschuhe auf den Rücken und laß uns dort hinüberlaufen. So kommen wir schneller vom Fleck und schneiden Agawans Familie den Weg ab.«

Sie trabten über den festen Schnee, und Andrew fand, daß es ohne Schneeschuhe viel leichter und schneller ging.

»Wahrscheinlich sehen wir selbst wie Geister aus«, lachte Pashak, »wenn sie uns durch den Eisnebel laufen sehen.«

Als sie die Agawan-Familie endlich entdeckten, kauerten sie – alle neun – geduckt auf dem Eis. Sie hatten ihre scharfen Messer gezückt, um sich zu verteidigen.

»Ich bin's, Pashak«, rief Pashak ihnen zu. »Ein ›wahrer Mensch‹ wie ihr, und ein Freund. Wir sind keine wandelnden Geister!«

»O mein lieber Bruder!« hörte Andrew die Stimme eines Mädchens rufen. Sie steckte ihr kurzes Messer in den Gürtel und kam über das Eis gelaufen, um Pashak zu begrüßen. Beide hatten Tränen in den Augen, als Pashak zu Andrew sagte: »Siehst du, das ist meine größere Schwester Phim. Sie ist mit Agawans Sohn Sango verheiratet. Sie wandert mit seiner Familie.«

Phim lächelte Andrew freundlich an und wischte ihrem Bruder den Schnee von den Leggins.

»Anscheinend hast du lauter Schwestern, die durch dieses Land wandern«, lachte Andrew. »Und eine hübscher als die andere.«

»Wir treffen nur deshalb immer wieder Verwandte von mir, weil es hier draußen so wenig Familien gibt«, erwiderte Pashak.

Agawan verstaute sein Messer und trat vor, um sie zu begrüßen.

»Ein seltsamer, einsamer Treffpunkt«, sagte er. »Wir sind froh, daß ihr lebendig seid und daß es euch gutgeht. Zuerst fürchteten wir, daß tote Geister uns verfolgten. Darum haben wir unsere Messer gezogen.«

»Das können wir verstehen«, sagte Pashak lächelnd. »Doch warum wandert ihr so weit nach Süden?«

»Weil wir im Norden keine Nahrung finden, und wir konnten uns keine Vorräte anlegen. Der Hunger treibt uns nach Süden. Wir haben kein einziges Karibu gesehen«, erzählte Agawan, »bis heute morgen. Da haben wir die Fährte von sechs Tieren gefunden. Sie ziehen am Seeufer entlang. Wir müssen uns beeilen, um ihnen den Weg abzuschneiden, bevor es dunkel wird. Kommt ihr mit?«

»Wir haben keine Waffen für die Jagd. Wir haben unser Gewehr nicht mitgenommen.«

»Ihr habt eure Messer. Mehr braucht ihr nicht«, sagte Agawan. Damit drehte er sich um und trabte vor den anderen her über den See.

Auch Agawans Leute trugen ihre Schneeschuhe auf dem Rücken. Andrew hatte sich immer für einen ganz guten Läufer gehalten, aber nach einer Weile mußte er feststellen, daß er kaum mit den Erwachsenen Schritt halten konnte. Die Kinder blieben zurück, aber niemand wartete auf sie.

»Ich kann schon das andere Ufer sehen«, ächzte Andrew und zeigte Pashak die blauen Schatten der flachen Hügel.

»Agawan läuft, als wüßte er ganz genau, wo er die Karibus findet.«

Und wirklich, so war es.

Am Seeufer standen alle sechs Karibus im tiefen Schnee und äugten ihnen entgegen. Agawan und seine Jäger schnallten sich die Schneeschuhe an.

»Dort, wo sie stehen, ist der Schnee tief und weich.«

»Wie werden wir sie jagen?« flüsterte Andrew.

»Du wirst es gleich sehen«, sagte Pashak. »Folge mir.«

Ohne weitere Worte erhoben sich Agawans Frau und die Frauen ihrer Söhne, Phim und Shibush, und fingen an, mit den Armen zu fuchteln und zu singen. Agawan und seine beiden Söhne huschten geduckt nach Westen davon. Pashak und Andrew schlichen sich von Osten im Bogen an die Karibus an. Die Tiere hoben die Köpfe und witterten ängstlich zu den Frauen herüber, die ihnen beschwichtigende Worte vorsangen.

Die Männer erreichten die Karibus zur gleichen Zeit. Sie kreisten sie im weiten Bogen ein. Das Leittier versuchte, sich im tiefen Schnee an Agawan vorbeizukämpfen, aber dieser sprang auf seinen Schneeschuhen wie ein gewaltiger Luchs hinterher. Er holte mit dem Messer aus und traf das sich aufbäumende Tier ins Herz. Die anderen Tiere wirbelten panisch herum und hopsten Pashak direkt in die Arme. Er kauerte mit gezücktem Messer am Boden, bereit, sie zu empfangen. Es war ein kurzes Gemetzel, dann stimmten die Jäger ein triumphierendes Geheul an, und die Frauen und Kinder kamen herbeigelaufen. Kein einziges Karibu war ihnen entkommen.

Agawan und die anderen Männer hoben die Arme zum Himmel und dankten für die reiche Fülle an Nahrung, die ihnen im letzten Moment geschenkt worden war. Genau an dem Tag, als die Kräfte sie zu verlassen drohten.

Die Frauen wetzten ihre Messer und machten sich daran, die Karibus auszuweiden und zu zerlegen, bevor das Fleisch gefror. Die Männer schnitten Fichtenzweige und bauten eine Schutzhütte, gerade groß genug, daß elf Menschen darin essen und schlafen konnten. Vor dem Eingang der Hütte entzündeten sie ein loderndes Feuer, und weil die Frauen keinen Kessel hatten, wickelten sie lange saftige Fleischstreifen um Birkenstöcke, die sie aufrecht in den Schnee steckten, so daß sie über das Feuer ragten. Andrew sah und roch, wie das Fleisch brutzelnd gar wurde und wie das Fett an den Stöcken hinunterlief. Wie die anderen schnappte er sich einen Stock und verschlang gierig das köstliche Fleisch.

So knabberte er einen Stock nach dem anderen ab und lachte mit den Männern, während ein warmes Gefühl der Sättigung durch seinen Körper drang.

»Wir sollten etwas Fleisch aufsparen«, sagte Andrew. »Wir sollten nicht zuviel essen.«

»Warum nicht?« lachte Pashak. »Im Bauch kannst du das Fleisch genausogut tragen wie auf dem Rücken. Du brauchst saftiges gutes Fleisch und Fett. Wir alle brauchen es. Ich hab mir schon Sorgen um dich gemacht, Andruuu. Du bist mager geworden!«

Agawans Frau hieß Piwas. Sie hatte wilde Haare und noch wildere Augen. Sie war bekannt als eine kluge Frau und mächtige Geschichtenerzählerin. Pashak und seine Schwester baten Piwas, für Andrew eine Geschichte aufzuführen. Denn er hatte noch nie eine echte Naskapi-Geschichte gehört.

»Aufführen« war das rechte Wort. Als Piwas zu erzählen anfing, zeigte ihr Mienenspiel so hundertfältigen

Ausdruck, flatterten ihre Hände so beredt durch die Luft, daß es schien, als tanzten die Bilder von Geistern im Feuerschein und schwebten wie gespenstische Schatten über die vereisten Zeltwände.

Pashak übersetzte die Geschichte:

Es war einmal ein kleines Kind, das kratzte sich dauernd, kratz-kratz-kratz. Seine Eltern waren sehr traurig.

Endlich sagte der Vater zur Mutter: »Wir wollen ins Inland gehen und mit den anderen jagen, aber ich schäme mich, daß unser einziges Kind sich dauernd kratzt. Laß uns zusammen fortgehen. Der Junge ist wertlos. Wir wollen ihn hier zurücklassen.«

Immer wieder sagte der Vater: »Wertlos. Zurücklassen. Wertlos.« Bis die Mutter am anderen Morgen einwilligte. Die Eltern bauten das Zelt ab und gingen hinaus und zogen ihre Schneeschuhe an.

»Mutter!« schrie der kleine Junge. »Willst du mir nicht meine Mokassins anziehen?«

Die Mutter gab keine Antwort. Sie nahm die Schlittenleine und ging mit ihrem Mann auf dem gefrorenen Fluß davon.

»Mutter, willst du mich verlassen?« schrie der kleine Junge und versuchte, ihnen nachzurennen.

Aber seine Füßchen froren im Schnee. Er humpelte zurück zu der Stelle, wo das Zelt gestanden hatte. Weinend setzte sich der kleine Junge mit den Füßen in die kalte Asche der Feuerstelle. Bis eine Geisterseele zu ihm kam.

»Warum haben deine Eltern dich verlassen?« fragte der Geist.

»Weil ich mich immer kratze-kratze-kratze«, sagte der kleine Junge.

»Das macht die Hitze, daß du dich immer kratzen mußt«, sagte der Geist. »Du darfst dich nicht so nah an das heiße Feuer setzen. Möchtest du wieder bei deiner Familie sein?«

»O ja!« rief der kleine Junge.

Da hob der Geist ihn auf seine Schultern und lief mit ihm durch den Winterwald, bis sie zu der Stelle kamen, wo seine Eltern zusammen mit anderen Familien ihr Camp aufgebaut hatten. Der Geist setzte den kleinen Jungen vor dem Zelt seines Vaters ab, und der Junge ging hinein.

Erschrocken sah ihn die Mutter an. Sie sagte: »Mann, ist das nicht unser Sohn, den wir verlassen haben? Wie konnte er barfuß den ganzen weiten Weg auf dem gefrorenen Fluß zu uns kommen?«

»Wer hat dich hierher gebracht?« fragte der Vater seinen Sohn.

»Mein Großvater«, sagte der kleine Junge.

»Wo ist er jetzt?« fragte der Vater.

»Er sitzt draußen vor dem Zelt.«

»Geh hinaus und sieh nach«, sagte der Vater des Jungen zu seiner Frau.

Die Mutter des Jungen hob die Zeltklappe auf und sah hinaus. »Ja«, sagte sie. »Da draußen sitzt jemand.«

Die alte Geisterseele steckte den Kopf ins Zelt und sagte: »Ihr nennt mich jemand, aber ich sage euch, ihr seid niemand. Weil ihr euer Kind verlassen habt, damit es stirbt.«

Der Vater des Jungen bat den Geist seines Vaters, ins

Zelt zu kommen, aber dieser weigerte sich, bis der kleine Junge hinauslief und den Geist seines Großvaters bei der Hand nahm und ihn ins Zelt führte. So legten die vier sich um das Feuer und schliefen friedlich ein.

Am andern Morgen gingen alle auf die Jagd. Sie wollten Karibus fangen und baten den kleinen Jungen mitzukommen. Denn sie glaubten, er sei ein Zauberer. Bevor der kleine Junge fortging, versprach er dem Geist seines Großvaters, ihm ein paar besonders gute Karibustücke mitzubringen. Der Geist seines Großvaters beschrieb ihm genau, welche Stücke er am liebsten hatte.

Am Abend kam der Junge auf seinen kleinen Schneeschuhen wieder. Im Rucksack hatte er die Fleischstücke, die sich sein Großvater gewünscht hatte.

»Wo ist er?« fragte der kleine Junge seine Mutter.

Sie antwortete: »Der Vater deines Vaters ist fort.«

Im Morgengrauen fand der kleine Junge die Schneeschuhspur, die über einen gefrorenen See führte. Als er den Geist seines Großvaters langsam durch den Nebel wandern sah, rief er ihm nach: »Großvater! Großvater! Ich habe die schönsten Fleischstücke für dich mitgebracht!«

»Behalte sie, Enkelsohn«, rief der Geist zurück. »Ich darf nicht mehr bei den Lebenden bleiben.« Und er verschwand.

Traurig kehrte der Junge ins Camp zurück und sagte seiner Familie, er wolle fortgehen und seinen Großvater suchen. Aber am folgenden Tag erhob sich ein Sturm, und die Schneeschuhspur seines Großvaters wurde verweht. So konnte der kleine Junge den Geist seines

Großvaters nicht mehr finden und ihn aus der anderen Welt zurückholen.

Als die Geschichte zu Ende war, legten sich alle gemeinsam hin und schliefen wie erschöpfte Kinder die ganze Nacht. Sie kümmerten sich nicht einmal um die hungrigen Wölfe, die kamen und von den Fleischresten an der Feuerstelle knabberten.

Am Morgen sagte Agawan zu Pashak und Andrew: »Kommt doch mit uns. Laßt uns gemeinsam wandern. Im Süden finden wir vielleicht noch mehr Karibus. Die Tiere, die wir gestern gefangen haben, werden meine Familie und euch nicht länger als einen Halbmond ernähren. Ich habe meine beiden Söhne fortgeschickt, damit sie unser Zelt und unsere Sachen holen.«

Andrew und Pashak waren begeistert von der Idee, mit Agawans Familie auf die Jagd zu gehen. Sie liefen über den See zurück und packten ihre Sachen auf den Toboggan, den die Träger zurückgelassen hatten. Sie spannten sich beide vor den Schlitten und zogen ihn mit vereinten Kräften über das Eis. Sie waren trotzdem froh, daß die Träger alle Hunde mitgenommen hatten; es wäre unmöglich gewesen, sie zu füttern.

Piwas, Shibush und Pashaks Schwester Phim hatten derweil das Fleisch in kleine Stücke zerlegt, damit es leichter auf die Toboggans verladen werden konnte. Im Gänsemarsch wanderten sie vom Geistersee aus nach Süden. Der Schnee wurde tiefer, und immer öfter kamen sie an dichten Fichtenwäldern und lichten Birkengehölzen vorbei. Einmal verfolgte Andrew die Spur eines Kaninchens. Verwundert stellte er fest, daß dessen

Sprünge auf einmal länger wurden und im wilden Zickzack hin und her führten, bis die Spur plötzlich ganz verschwunden war.

»Wie kommt das?« fragte Andrew. »Ich sehe keine Spur eines anderen Tieres, das dieses Kaninchen verfolgt haben könnte.«

»Keine, die du sehen kannst«, sagte Pashak. »Das Kaninchen ist wie durch Zauberei verschwunden.«

»Wohin ist es verschwunden?« fragte Andrew.

»Es hat sich in die Luft geschwungen und ist davongeflogen«, lachte Pashak. »Mit Hilfe einer Eule, die dem armen Kaninchen ihre Klauen in den Nacken schlug.«

»Ich muß noch viel lernen«, sagte Andrew.

»Ich auch«, lächelte Pashak.

»Guck mal, da drüben«, sagte Pashak am fünften Tag ihrer Wanderung. »Das ist eine Marderspur, und dort drüben, die winzige Fährte, das ist ein Nerz gewesen. Wir kommen in ein Land, das reich an Pelztieren ist. Siehst du das blanke Eis dort auf dem Fluß? Das ist die südliche Grenze des Naskapi-Landes. Hinter dem Fluß fangen die Berge an. Du siehst sie schon in der Ferne, in blaßblauen Dunst gehüllt. Über die Menschen, die in den Bergen wohnen, wissen wir nichts. Viele fürchten sich vor ihnen, und es heißt, man soll ihnen lieber aus dem Weg gehen. Sie sind ganz anders als wir.«

Am Abend, als sie das Camp aufbauten, sagte Agawans Frau mit lauter Stimme, so daß alle es hören konnten: »Ich fürchte mich nicht, über den Fluß zu gehen. Mein älterer Bruder hat mir erzählt, daß er einmal an dieser Stelle den Fluß überquert hat – damals, als ich noch ein kleines Kind war und in einem moosgepolsterten Beutel herumgetragen wurde. Mein Bruder wanderte zusammen mit drei *Nenenat*-Familien. Sie trafen die Bergbewohner, aber keinem von ihnen wurde ein Haar gekrümmt.«

»Ich habe aber auch von Familien gehört, die über den Fluß nach Süden zogen und nie wieder zurückkehrten«, sagte Sango. »Man sagt, daß diese Bergmenschen sehr grausam sind.«

»Man sagt, daß es in den Bergen von jagdbaren Tieren nur so wimmelt«, sagte Agawan. »Schwarzbären und Karibus und Luchse und Marder und Füchse und alle Arten eßbarer Vögel und Fische. Diese würdigen Tiere würden sich niemals an grausame und unwürdige Menschen verschenken.«

»Ich glaube, was Agawan sagt«, meinte Pashak, »auch wenn mein Großvater Natiwapio mir gesagt hat, ich soll sehr vorsichtig sein, falls ich den Bergleuten einmal begegne.«

Mit aller Vorsicht überquerten sie vor Tagesanbruch den Fluß und zogen schweigend in das Land der Montagnais – diesen Namen hatten die Franzosen den Bergbewohnern gegeben. Sie wanderten weiter nach Süden, durch ein Hügelland, in dem Tausende von Tierfährten reiche Beute versprachen. Aber weil die Agawan-Familie noch immer genug Fleisch auf ihrem Toboggan hatte, gingen sie nicht auf die Jagd.

In der Nacht sagte Piwas: »Spürst du es nicht, Mann? Hast du nicht gefühlt, daß menschliche Augen dich angesehen haben? Ich war mir heute abend ganz sicher, daß jemand uns beobachtet.«

»Du erzählst Märchen«, sagte ihr Mann. »Das bildest du dir ein. Solche Sachen darf man nicht sagen.«

Aber als Andrew in dieser Nacht vor das Zelt ging, sah er zwischen den langen Schatten der Bäume im Mondlicht eine Bewegung. Im ersten Moment glaubte er, es sei ein Bär. Als er aber genauer hinschaute, erkannte er, daß es ein Mann mit einem Gewehr war, der sich vorsichtig zwischen den Zwergfichten davonschlich – geduckt, damit ihn niemand sah.

Die Bergmenschen

Andrew lief ins Zelt zurück und erzählte Pashak, daß er einen Mann gesehen hatte, der sich zu verstecken suchte. Pashak sah Andrew scharf an und sagte: »Vielleicht war es ein Ast im Wind, den du gesehen hast?«

Als sie am nächsten Morgen aus dem Zelt krochen, war es kalt und windstill. Andrew zeigte Pashak und Agawan die Schneeschuhspur des Fremden.

»Er trägt keinen schweren Rucksack, also kann sein Camp nicht weit von hier sein«, sagte Pashak.

»Ja, so ist es«, sagte Agawan. »Aber ich sehe etwas Rätselhaftes. Er hat seine Schneeschuhe verkehrtherum angeschnallt, damit wir glauben, er sei nach Norden und nicht nach Süden gegangen.«

»Ist er ein Naskapi?« fragte Andrew.

»Gewiß nicht«, antwortete Agawan und deutete auf die Skispuren. »Keine Frau eines ›wahren Menschen‹ würde ein Netz wie dieses flechten.«

Agawans Familie, Pashak und Andrew waren noch nicht viel weiter nach Süden vorgedrungen, als sie in der Ferne vier dünne Rauchsäulen sahen, die pfeilgerade in den blauen Himmel strebten.

»Ich habe Angst«, sagte Phim. Sie zog ihre beiden Kinder an sich. »Sollten wir nicht lieber über den Fluß in unser Land zurückkehren?«

»Nein«, sagte Agawan. »Wir Männer werden direkt in das Camp dieser Leute gehen und ihnen sagen, warum wir gekommen sind. Wir nehmen unsere geladenen Gewehre mit, aber wir lassen sie auf dem Toboggan liegen. Und wir wollen unsere Messer in unseren Leggins verstecken. Das Zelt lassen wir bei euch Frauen und Kindern zurück.«

»Ich mache mir Sorgen, weil ich gestern diese Augen hinter mir gespürt habe«, sagte Piwas. »Und weil dieser Mann seine Schneeschuhe verkehrtherum anzieht, um uns zu täuschen.«

»Still, Frau«, sagte Agawan. »Wir haben unseren Plan gemacht.«

Andrew, Pashak und die anderen Männer folgten Agawan weiter nach Süden, bis sie eine Anhöhe erreichten, von der aus sie eine geschützte Talsenke überblikken konnten.

Dort unten, hinter tief vom Schnee niedergebeugten Bäumen versteckt, sahen sie zwei lange, mit Birkenrinde gedeckte Hütten. Das erste Zeichen menschlichen Lebens sahen sie, als eine Frau aus der einen Hütte trat und ein Biberfell, das auf einen Holzrahmen gespannt war, an einen hohen Ast hängte. Dann kamen ein Mann und ein Junge heraus und stellten einen umgefallenen Toboggan wieder aufrecht in den Schnee.

»*Ha-wah-ho!*« rief Agawan ihnen zu.

Der Mann schob hastig die Frau und den Jungen in die Hütte, während er sich allein vor den Eingang kauerte und voller Angst und Mißtrauen zu den Fremden herüberstarrte. Bald tauchten hinter ihm sechs andere Bergmenschen auf. Alle trugen Waffen – Gewehre und Schrotflinten –, mit denen sie auf die Naskapi-Jäger zielten.

Agawan und die anderen krempelten ihre Ärmel auf, hoben die Hände und riefen: »Wir sind keine Geister, wir tragen keine Waffen. Wir kommen in friedlicher Absicht zu euch, als Freunde in der Not.«

Die Montagnais flüsterten miteinander, dann stellten sie ihre Gewehre aufrecht in den Schnee und grüßten die Männer aus dem Norden mit dem gleichen Friedenszeichen.

»Seid vorsichtig, wenn sie kommen«, flüsterte der Häuptling der Bergmenschen seinen Männern zu. »Ich sehe es nicht gerne, wenn diese Wilden durch unser Land schleichen. Egal aus welchen Gründen.« Laut rief der Häuptling aber: »Kommt her und laßt uns miteinander sprechen!«

Sogar für Andrews Ohren klang der Dialekt der Montagnais komisch und rauh. Da aber alle Stämme des hohen Nordens die Algonkin-Sprache sprachen, konnten sie einander verstehen – wenn auch anfangs mit einiger Mühe.

Als sie nur noch wenige Schritte vor der Hütte der Montagnais entfernt waren, rief der Häuptling: »*Tshekwan* – was wollt ihr?«

»Die Karibus sind nicht zu uns gekommen«, antwortete Agawan. »Wir hatten im Norden furchtbare Schneestürme, und wir glauben, daß viele von unserem Volk verhungern werden, bevor der Frühling kommt. In unserem ganzen Land haben wir kein einziges Karibu gesehen. Wir mußten zu euch nach Süden wandern – oder sterben.«

Der Häuptling tuschelte mit seinen Jägern. Dann sagte er: »Wir haben Tiere und Fleisch in Fülle. Die Wintermonde sind gut zu uns gewesen. Unsere jungen Männer haben noch nie einen solchen Überfluß gesehen. Die Hügel im Südosten sind mit zahllosen Karibufährten geschmückt. Und sie kreuzen die Fährten vieler anderer Tiere. Wir freuen uns, den Reichtum unseres Landes mit euch zu teilen – für einige Zeit.«

Andrew sah, daß die Frauen und Kinder der Montagnais vorsichtig aus ihren Langhäusern lugten. Diese Bergmenschen kamen ihm sehr seltsam vor – mit ihren hohen runden roten Mützen nach französischer Art, ihren langen flatternden Mänteln und Leggins, ihrem reichen Silber- und Perlenschmuck an der Kleidung.

Eine Frau sagte etwas, was Andrew nicht verstand.

Pashak übersetzte: »Sie will wissen, ob wir Frauen und Kinder bei uns haben.«

»Ja«, antwortete Agawan.

»Dann geht und holt sie«, sagte der Häuptling. »Wir wollen einen Festschmaus vorbereiten. Alle sollen ihre Waffen weglegen. Kommt her und eßt und schlaft mit uns.«

»Sie sprechen nicht wie böse Menschen«, sagte Piwas zu Agawan, als er ihr Wort für Wort die Rede des

Häuptlings erzählt hatte. »Aber trotzdem, Mann, es fällt mir schwer, mich mit ihnen schlafen zu legen und meine Augen zu schließen.«

Fünf Tage und Nächte feierten Agawans Leute und Pashak und Andrew mit den Bergmenschen ein Fest. Sie schliefen, wann immer sie Lust hatten zu schlafen; sie freuten sich an den seltsamen Trommeln der Bergmenschen, an ihren Geschichten und Liedern. Pashak erzählte Andrew, daß seine Schwester Phim meinte, sie wollte, daß dieses Fest nie zu Ende ging.

Am sechsten Tag des Festes passierte eine merkwürdige Geschichte. Die Schlittenhunde schlugen an, und durch das Wäldchen hinter dem Camp kam ein riesiger Schwarzbär angewatschelt.

Die Montagnais-Männer und ihre Frauen sangen dem Bären Loblieder vor. Die Jäger, die anscheinend fest darauf vertrauten, daß der Bär nicht fortlaufen werde, führten ihm zu Ehren einen komplizierten Tanz auf. Erst dann machten sie sich daran, ihn zu erlegen.

Andrew und Pashak folgten den Bergmenschen, aber sie beteiligten sich nicht an der Jagd. Sie schauten nur zu, während die Montagnais-Jäger ihre langen scharfen Dolche an Holzstangen festbanden. Mit diesen Speeren bewaffnet, umringten sie den Bären. Noch immer sangen sie für ihn Lieder. Der Bär erhob sich auf seine Hinterbeine und richtete sich bedrohlich auf. Er sah aus wie ein Mann in einem schwarzbraunen Pelz.

»Vergib mir, *Macwah*«, sagte der Häuptling, als er mit seinem Dolchspeer ausholte und das mächtige Tier mit einem einzigen tödlichen Stoß erlegte.

Bald darauf brodelte saftiges, süßes Bärenfleisch in den

Kesseln, und die Montagnais versammelten sich fröhlich zu einem letzten großen Festschmaus mit ihren Gästen.

Als keiner mehr einen Bissen hinunterwürgen konnte, schauten die »wahren Menschen« zu, wie die Montagnais unter allen Zeichen der Ehrfurcht den Bärenschädel auskochten, bis der schneeweiße Knochen zum Vorschein kam. Dann verzierten sie die Stirn des Bärenschädels kunstvoll mit heiligen Ornamenten aus leuchtendrotem Ocker, vermischt mit strahlendblauen Streifen. Als es dämmerte, zogen die Bergjäger mit feierlichen Gesängen und würdigen Bärentänzen hinaus in den Wald und befestigten den Schädel in einer Astgabel. Alle sagten dem heiligen Schädel ein fröhliches Lebewohl.

Nach diesem Bärenschmaus fasteten die Montagnais drei Tage. Sie aßen nur ein bißchen Schnee, um ihren Durst zu stillen. Jede Nacht trommelten und tanzten sie bis in die Morgendämmerung. Dann fielen sie wie tot um und verschliefen den ganzen Tag.

»Solche komischen Sitten bin ich nicht gewöhnt«, sagte Agawans Frau. »Glaubst du nicht, Mann, daß es Zeit für uns ist, diesen fremden Ort zu verlassen?«

Mit diesen Worten endete der lange Besuch. Es war der sechste Tag des abnehmenden Wintermondes. Die Montagnais wollten auch fortgehen und ihre Hütten aus Birkenrinde zurücklassen.

»Ihr könnt sie benützen«, sagten sie, »aber berührt ja nicht den heiligen Bärenschädel.«

In aller Eile packten die Bergmenschen riesige Pelzballen auf einen Toboggan, auf einen anderen ihre Fleisch- und Speckvorräte, und begannen ihre alljährliche Wanderung nach Süden, zum St.-Lorenz-Strom.

»Wir müssen nach Süden fahren, solange der Schnee fest ist«, sagte der Häuptling. »Wir treiben Handel mit den Franzosen, die an dem mächtigen Strom wohnen.«

Sie waren fertig zum Aufbruch. Aber Pashak kehrte noch einmal um. Er riß die breiten Rindenstreifen von der einen Hütte und rollte sie sorgfältig zusammen.

»Warum machst du das?« fragte Andrew.

»Vielleicht können wir sie brauchen. Die Bergmenschen haben diese Rinde aus dem Süden mitgebracht. Bei uns im Norden gibt es keine gute breite Baumrinde. Unsere Bäume sind viel zu klein.«

Dann spannten sie sich vor ihre Toboggans und zogen erwartungsvoll den waldigen Hügeln im Osten entgegen. Das ganze Land war, wie die Bergmenschen versprochen hatten, kreuz und quer von Karibufährten überzogen. Sie sahen viele Rudel an den Hängen stehen. Aber sie töteten nur so viele, wie sie essen konnten, und dankten dem Himmel für das gute Fleisch.

Pashak sagte zu Andrew: »Dies ist vielleicht unsere einzige Chance, ein paar Pelze zu erbeuten.«

Gemeinsam stellten die Männer Fallen und legten Schlingen und bauten viele listige Fallgruben. Sie fingen Nerze, Marder, Otter, Biber und Füchse. Die Frauen blieben die halbe Nacht wach, um die kostbaren Pelze zum Trocknen aufzuspannen. Die Kinder hüpften lachend umher und spielten Schneeschlange – ein Spiel, bei dem man lange dünne Stöckchen durch eine Schneerinne sausen läßt, so daß sie am Ende über einen Eishügel in die Luft springen.

»Weiter östlich gibt es zugefrorene Biberteiche«, sagte

Pashak. »Laß uns hingehen und sehen, ob wir ihre Bauten finden.«

Andrew und Pashak brachen allein auf, ihre schmale Schneeschuhspur führte durch lichte Wälder und über wogende Hügel. Als sie bei den Teichen ankamen, fanden sie viele Biberburgen. Sie bauten sich einen Unterstand aus dichten Fichtenzweigen und übernachteten am Ufer.

Am andern Morgen sagte Pashak: »Ein Mann ist gekommen und hat uns im Schlaf beobachtet.«

»Wo?« fragte Andrew.

»Hier, ganz in der Nähe. Aber er ist fortgegangen, und zwar nach Westen. Ich habe seine Spur verfolgt. Seine Fußstapfen verschwinden hinter den fernen Hügeln.«

Sie verfolgten ein Stück weit seine Spur, die zwischen den Biberbauten hin und her führte. Dann gaben sie es auf und trennten sich, um herauszufinden, wie sie den Wasserspiegel heben und die Biber in ihrem Bau fangen könnten.

Andrew kniete gerade vor einem Biberbau und horchte – da packte ihn auf einmal ein unheimliches Gefühl. Er blickte auf und sah einen Mann, bekleidet mit einer Jacke aus Rentierleder mit baumelnden Fransen. Auf dem Kopf trug er eine Kappe aus Luchsfell mit langen Ohrpinseln. Er sah unmenschlich aus – beinah wie eine Katze. Einen Moment starrten die beiden sich an. Keiner machte eine Bewegung. Dann hob der Fremde langsam das Gewehr und zielte auf Andrews Kopf.

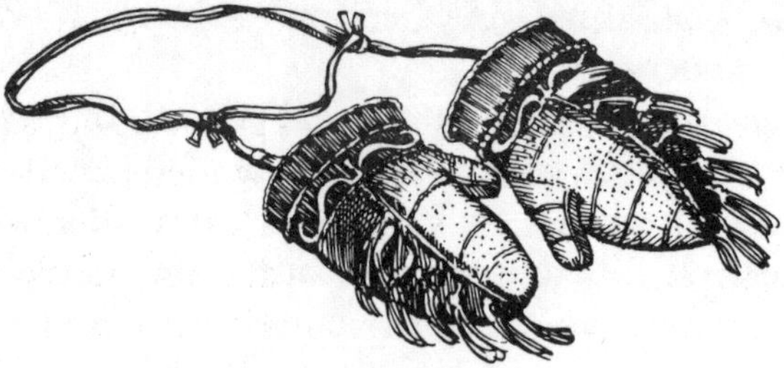

Der nächtliche Dieb

»Laß dich fallen!« schrie Pashak, und Andrew hechtete zur Seite. Das Gewehr krachte, und er sah neben sich den Schnee aufspritzen.

Pashak kam mit dem Messer in der Hand über die Lichtung gesprungen. Aber der Fremde machte einen Satz und verschwand zwischen den schneebeladenen Fichten.

Sie verfolgten ihn, aber bald kehrten sie um.

»Das war der Mann, den du gesehen hast – und der seine Schneeschuhe verkehrtherum anzieht.«

»Warum hat er auf mich geschossen?«

»Na«, sagte Pashak. »Wir sind in einem fremden Land. Es ist nicht unser Land.«

»Aber«, sagte Andrew, »der Häuptling hat uns doch erlaubt, hier zu jagen.«

»Sicher«, sagte Pashak. »Aber es gibt andere, die das nicht wissen, und in jedem Land haben die Häuptlinge Streit miteinander. Komm schnell«, drängte Pashak,

»ich will in unser Zelt zurück, bevor er die Frauen findet.«

Als sie Agawan berichteten, was passiert war, sagte er: »Es ist Zeit, daß wir fortgehen. Wir wollen über den Fluß in unser eigenes Land wandern. Dort wollen wir ein Camp aufschlagen – weit weg von diesem luchsköpfigen Killer, der seine Schneeschuhe verkehrtherum anzieht und keinen Respekt vor dem menschlichen Leben hat.«

So überquerten sie wieder den Fluß und sahen zu ihrer Freude, daß auch die Tiere in großer Zahl hinübergewechselt waren.

Trotzdem hörten die Sorgen nicht auf. Gerade jetzt, als sie im Überfluß zu essen hatten, wurde ihr Camp von einem räuberischen Vielfraß heimgesucht.

Sie sahen das Tier nicht, aber sie fanden seine Spur, und sie sahen die schreckliche Verwüstung, die es an ihrem Fleischvorrat angerichtet hatte.

Agawan hatte nämlich das ganze Karibufleisch, um es vor hungrigen Wölfen zu schützen, hoch in die Bäume gehängt. Aber das konnte den Vielfraß nicht abhalten. Er war auf die unteren Äste geklettert, hatte die Schnüre durchgenagt und die fettesten Lendenstücke in den Schnee fallen lassen. Dann hatte er sich vollgefressen, soviel in seinen Bauch paßte, und das ganze restliche Fleisch zerfetzt und bespuckt und angepinkelt. Anschließend hatte er auch noch die zum Trocknen aufgespannten Pelze von den Bäumen gezerrt und zerfetzt. Nach diesem Zerstörungswerk hatte er sich triumphierend getrollt. Wahrscheinlich schlief er sich jetzt in seiner versteckten Höhle aus, bis der Hunger ihn weckte und zu neuen Vernichtungstaten hinaustrieb.

Agawan und Sango und ihre Frauen, sogar die Kinder wüteten gegen den Vielfraß.

»Das ist kein einfaches Tier«, sagte Pashak zu Andrew. »Das ist ein böser Geist, ausgesandt, um uns zu ruinieren, um alles, was wir besitzen, zu vernichten.«

Pashak und Andrew legten sich die ganze Nacht bei den Resten des Fleischvorrats auf die Lauer, die geladenen Gewehre auf den Knien. Aber der schlaue Vielfraß beäugte sie nur aus der Ferne, und seine scharfen Sinne befahlen ihm, das Weite zu suchen.

Am nächsten Abend, bevor sie schlafen gingen, bauten sie eine schwere Prügelfalle, sie legten Drahtschlingen und stellten eine Wolfsfalle mit grausamen Zähnen auf. In dieser Nacht kam der gerissene Vielfraß wieder und plünderte ihre Vorräte. Als sie am Morgen die großen Tatzenspuren der Bestie verfolgten, mußten sie entdekken, daß er zu allen Schlingen und Fallen gelaufen war und sie – niemand wußte, wie – hatte zuschnappen lassen. Dann hatte der Vielfraß die tödliche Prügelfalle beschnüffelt und mit seiner krallenbewehrten Pfote den hölzernen Auslösepflock herausgerissen, so daß der schwere Balken harmlos niederkrachte. Erst danach hatte der Vielfraß sich darangemacht, die restlichen Fleischvorräte zu zerfetzen und mit seinem Gestank zu besudeln. Bevor es Tag wurde, hatte der Vielfraß auch noch den Vorrat an Fischen und Schneehühnern entdeckt, er hatte alles zerrissen und vernichtet.

»Wir müssen das Untier loswerden, oder wir müssen fortgehen von hier«, sagte Agawan, nachdem er die dritte schlaflose Nacht auf der Lauer gelegen hatte, ohne daß der schlaue Vielfraß gekommen war.

»Wir sollten lieber fortgehen«, sagte Andrew. »Der Vielfraß ist anders als jener Fremde mit dem Gewehr. Er wird uns nicht verfolgen.«

»Da bin ich mir nicht so sicher«, sagte Piwas. »Vielfraße sind viel listiger als andere Tiere oder die Menschen.« Sie überlegte eine Weile, dann sagte sie: »Ich glaube, ich kann euch von diesem Bösewicht befreien.«

»Das möchte ich sehen«, lachte Agawan.

Piwas rief Pashaks Schwester herbei. »Phim, nimm diesen Lappen und tauche ihn in das starke Parfüm, das mein Sohn beim französischen Händler für mich gekauft hat. Dann wickle den duftenden Lappen um einen Stein, gerade groß genug, daß eine Frau ihn werfen kann. Und du, Mann«, sagte sie, »gib mir das Beutelchen mit dem Fischrogen, den du zum Anrühren deiner Farben verwendest.« Sie schnupperte daran und rümpfte die Nase. »Stinkt fürchterlich! Gerade richtig, um den Menschengeruch meiner Hände und Handschuhe zu übertünchen.«

Dann rief sie Pashak und steckte ihm ein Stück Karibufleisch in den Mund. »Hier, kau das, bis es weich und gut zerkleinert ist. Aber Vorsicht, du Nimmersatt, verschluck es nicht!«

Andrew und die anderen beobachteten gespannt, was Agawans Frau mit all diesen geheimnisvollen Vorbereitungen im Sinn hatte. Jetzt holte sie den Oberschenkelknochen eines Karibu und spaltete mit der Axt einen langen Span ab. Diesen Knochensplitter bog sie mit beiden Händen wie einen Flitzbogen zusammen und ließ ihn wieder zurückschnellen. Am Schluß nahm sie ein Messer und schärfte diese Knochennadel an beiden

Enden, so daß ein Pfeil mit zwei tödlichen Spitzen entstand.

»So, jetzt gib mir das Fleisch«, sagte sie zu Pashak. Sie trat vor das Zelt, und alle anderen folgten ihr. Vorsichtig bog sie die elastische Knochennadel wieder zusammen, bis sie wie eine gespannte Uhrfeder in ihrer Hand lag. Sie ließ sich von Pashak das weichgekaute Fleisch in ihre behandschuhte Hand legen und drückte mit der anderen Hand, die sie mit Fischrogen eingeschmiert hatte, die gefährlich angespitzte Knochenspirale hinein. Dann hielt sie den Fleischklumpen in die kalte Nachtluft, bis er steif gefroren war.

»Da«, sagte sie und untersuchte die Waffe, die sie gebastelt hatte.

»Und jetzt«, sagte sie zu Pashaks Schwester, »nimm den Stein mit dem parfümierten Lappen und wirf ihn so weit, wie du kannst – dorthin!« Sie deutete auf eine flache, schneebedeckte Stelle unter den Bäumen, die noch keiner von ihnen betreten hatte.

Als Agawans Frau den parfümierten Stein landen und über die Harschkruste schlittern sah, holte sie aus und warf den Fleischklumpen hinterher. Er landete nicht weit von dem duftenden Stein.

»Warum hat sie das getan?« fragte Andrew.

»Sie sagt, wir sollen ins Zelt kommen. Da wird sie es uns erzählen. Draußen hat sie Angst, daß der Vielfraß ihre Worte hört und fortbleibt.«

Sogar drinnen im Zelt wagte Agawans Frau nur zu flüstern. »Vielfraße sind ja so schlau und vorsichtig. Aber sie sind auch neugierig, genau wie die Menschen.

Wenn der Vielfraß das starke Parfüm riecht, wird er

wissen wollen, was das ist, und hinlaufen. Er wird sehen, daß es keine menschlichen Fußspuren gibt, daß auch keine Fangeisen und Schlingen und Prügelfallen für ihn aufgestellt sind, und darum wird er sich sicher fühlen. Natürlich ist er viel zu vorsichtig, um den duftenden Stein zu berühren. Aber gleich daneben wird er unser harmloses Fleischklümpchen finden, das einen köstlichen Fischgeruch verströmt.«

»Und was dann?« fragte Andrew.

»Wer weiß, was dann«, lachte Agawans Frau. »Es ist eine Weiberlist. Phim und ich wollen morgen früh hinausgehen und nachsehen. Vielleicht bringen wir ihn mit.«

»Ich traue meinen Augen nicht!« rief Pashak und hielt die Zeltklappe auf, damit auch Andrew und alle anderen es sehen konnten.

Draußen kamen Piwas und Phim auf Schneeschuhen durch den Schnee gestapft. Piwas hatte sich ein geflochtenes Lederseil um die Schulter geschlungen und schleppte den riesigen Kadaver des Vielfraßes hinter sich her. Er war so groß wie ein junger Bär, mit kräftigen kurzen Beinen und langen, gefährlich gekrümmten Krallen. Seine Lippen unter der stumpfen Nase waren in einem gräßlichen Zähnefletschen erstarrt, und er bleckte seine gewaltigen gelben Hauer. Er hatte einen kurzen Schwanz, ein rauhes dichtes Fell mit dicken Borsten, wie ein Stinktier, und langem, schwarzbraunem Pelz.

»Wie habt ihr ihn nur gefangen?« fragten Andrew und Pashak staunend.

»Er hat sich selbst gefangen, der gierige Kerl«, sagte

Piwas. »Wir haben seine Spuren gesehen. Zuerst lief er zu dem parfümierten Stein und umkreiste ihn. Dann fand er unseren gefrorenen Fleischkloß und verschlang ihn mit einem einzigen Schluck. Dann versuchte er auf einen Baum zu klettern, um unsere besten Marderpelze herunterzureißen, aber auf halbem Weg konnte er nicht weiter. Warum? Weil der Fleischklumpen in seinem Bauch auftaute und meine doppelt angespitzte Knochennadel freigab. Sie schnellte auseinander und durchbohrte sein Herz. Dieser Vielfraß«, sagte sie, »wird nie wieder unser Fleisch rauben und unsere Pelze zerfetzen.«

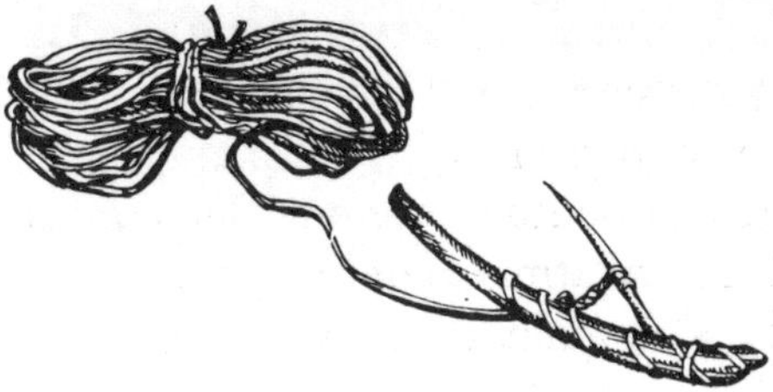

Der Weg der Verzweiflung

Am gleichen Tag, als der strenge Wintermond fortgegangen war, wachsten sie ihre Toboggans und bereiteten sich auf den langen Marsch nach Norden vor – nach Fort Chimo. Sie rafften so viel Fleisch und Pelze zusammen, wie sie nur schleppen konnten.

»Frauen, ihr Frauen! Baut das Zelt ab«, rief Agawan. »Heute ist der Tag des Aufbruchs. Wenn die Sonne hoch am Himmel steht, beginnt unsere Wanderung nach Hause.«

Am Abend nach diesem ersten Tagesmarsch standen sie draußen vor dem Zelt und beobachteten, wie die bleiche schmale Sichel des neugeborenen Frühlingsmondes am Sternenhimmel aufging.

»Ich weiß nicht, wie es kommt«, sagte Pashak. »Aber ich habe Sehnsucht, zu laufen, zu rennen – nach Norden. Zu paddeln, zu hüpfen, zu springen, so schnell mich meine Beine tragen, meine Flügel auszubreiten und nach Fort Chimo heimzufliegen. Ich kann es kaum erwarten, bis wir das Mittsommerfest feiern, bis die *nitiomosetts* –

die hübschen Mädchen – zum Klang der Trommel herbeigelaufen kommen. So seltsam habe ich mich noch nie im Leben gefühlt.«

»Ich weiß, wie dir zumute ist«, sagte Andrew. »Auch ich würde am liebsten im Schnee herumtanzen.«

»Hast du schon mal daran gedacht zu heiraten, Andruuu?«

»Hm, nein«, sagte Andrew. »Für mich ist es noch zu früh, an solche Dinge zu denken.«

»Für mich nicht«, lachte Pashak. »Ich muß immer daran denken, wie es wäre, Hochzeit zu halten. Besonders jetzt, wo wir unterwegs zum Sommerfest sind.«

Am nächsten Morgen stürzte Pashak ins Zelt und rüttelte Andrew wach. »Draußen ist es warm. Ich höre die Rebhühner rufen!«

Die Jäger lachten, sie schlugen Purzelbäume im schmelzenden Schnee und führten wilde Frühlingstänze auf. Sie sprachen von den wunderbaren Dingen, die sie im Fort des weißen Mannes eintauschen wollten.

»Der Frühling ist gekommen! Spürt ihr ihn auch? Wie weich die Luft ist! Ich schwör's, der Sommer ist nicht mehr weit.«

Wie ein Himmelskanu glitt der Mond am Nachthimmel durch die weißen Wolkenwellen, und tagsüber schmolz die feste Eisdecke des Flusses unter der warmen Mittagssonne zu sulzigem Matsch. Darum verschliefen Agawans Leute die Tage im Zelt und wanderten in der Nacht weiter. Sie sahen den Mond wachsen und voll werden und wieder abnehmen. Mit jedem Tag wurde es wärmer, die Strahlen der Sonne wurden stärker und erwärmten die Steine, die sich durch den schmelzenden Schnee schoben.

Andrew bekam einen Sonnenbrand im Gesicht, und am Ende war er so braun wie Pashak. Jeden Morgen schwärzten die Wanderer sich die Haut um die Augen mit Holzkohle, damit sie nicht schneeblind wurden. Überall begegneten sie den fetten weißen Schneehühnern, die mit dem Ruf »Komm mit, komm mit« ihre weißen Flügel ausbreiteten und über die offene Tundra flatterten, auf der Suche nach einem Gefährten.

»Ich mache mir Sorgen, was aus den anderen geworden ist«, sagte Piwas. »Seit vielen Tagen ziehen wir durchs Land, ohne ein einziges Karibu oder die Spur eines Menschen gesehen zu haben.«

Sie wanderten mit ihren Toboggans weiter nach Norden. Sie sahen die Bäume immer seltener werden und die flache Kette der blauen Berge langsam hinter sich verblassen.

Als sie die Wasserscheide überschritten, deutete Agawan nach Norden, wo eine Nebelwolke in den klaren Maihimmel aufstieg.

»Die singenden Wasserfälle. Und der Fluß ist schon offen. Horcht nur, man kann das Tosen des Wassers hören. – Jetzt wollen wir noch ein Weilchen schlafen, und dann wollen wir eilen, unsere Verwandten wiederzusehen, wie jedes Jahr an diesem Ort. Ich kann es kaum erwarten, endlich wieder mit ihnen zusammen zu sein.«

Nach einem letzten kurzen Nachtmarsch erreichten sie frühmorgens den Fluß und stellten ihr Zelt nicht weit von den brausenden Wasserfällen auf. Agawan und die anderen Männer suchten überall nach Schneeschuhspuren oder anderen Zeichen menschlichen Lebens. Aber sie fanden nichts.

»Sie müßten schon längst hier sein«, sagte Agawan.

»Ich mache mir große Sorgen«, sagte Pashak. »Aber am meisten habe ich Angst um meine Schwester Wapen. Ich hatte gehofft, sie hier wiederzusehen.«

»Wir müssen Geduld haben«, seufzte Agawan. »Laßt uns hier bleiben und Fische fangen und warten. Sie werden ganz bestimmt kommen – falls sie noch die Kraft dazu haben. Suchen können wir sie nicht. Wir wissen ja nicht einmal, ob wir im Norden oder im Süden, im Osten oder im Westen suchen sollen. In diesem ganzen weiten Land gibt es keine Schneeschuhspur.«

An diesem Abend, der Hundsstern war gerade aufgegangen, stiegen Pashak und seine Schwester Phim, die sich Sorgen machte wie er, auf einen Hügel und suchten mit dem Fernrohr alle schattigen Täler der Umgebung ab. Sie hofften, irgendwo den dünnen Strich einer Schneeschuhspur, den Rauch eines Lagerfeuers – irgendein Zeichen menschlichen Lebens zu finden. Aber außer einer unheilkündenden Eule, die an ihnen vorbeiflatterte, sahen sie kein lebendes Wesen. Weit streckte sich das Land nach Norden, bis zur nebelverhangenen Ungava Bay, in bläuliches Schweigen gehüllt.

»Ich habe Angst, weil wir die Eule sahen«, schluchzte Phim. »Ich habe Angst um Wapen und die anderen.«

Unter den Wasserfällen, wo das Eis schon aufgebrochen war, hängten die Männer ein kunstvoll geknüpftes Netz und Angelhaken ins Wasser. Sie fingen mehr Fische, als sie aufessen konnten – und genau das wollten sie.

»Versteckt die Fische gut«, sagte Agawan, »und habt Geduld. Die anderen kommen bestimmt. Sie werden hungrig sein.«

Pashak schaufelte am Ufer einen langen Graben in den Schnee, und dort legten sie dreißig große Forellen nebeneinander. Phim holte kaltes Wasser aus dem Fluß und goß es über die Fische. Am andern Morgen waren die Fische in einen dicken, festen Eisblock eingeschlossen. Es sah aus, als ob sie hinter Fensterglas lägen. Andrew entdeckte auch die Spuren von Wölfen. Sie hatten an dem Eisblock gescharrt und genagt, aber es war ihnen nicht gelungen, einen einzigen Fisch zu rauben.

Obwohl Pashak und Phim jeden Tag Ausschau hielten, war es der scharfäugige Sango, der als erster eine einsame Gestalt dahertaumeln sah. Er rief alle anderen zusammen, und Pashak und Andrew liefen auf Schneeschuhen los, um nachzusehen, ob es ein Mensch oder ein Geist war. Vorsichtig, die Messer gezückt, schlichen sie sich an und sahen überrascht, daß es Cut Cheek, der Schamane, war. Bis auf die Knochen abgemagert, stützte er sich weinend auf seinen Stab. Als er sie sah, brach er im Schnee zusammen und erzählte, daß er vor Hunger halb tot sei.

Rasch holte Pashak einen Toboggan, und sie schleppten Cut Cheek mit vereinten Kräften ins Camp, wo schon ein extra dickes Bett aus Fichtenzweigen vorbereitet war. Die Frauen hüllten ihn in warme Decken ein und fütterten ihn mit heißer saftiger Fischsuppe. Sie brauchten ihn nicht zu fragen, wie es ihm ergangen war: sie sahen es. Er war so abgemagert und seine Augen waren so düster, daß er wie ein Totengerippe aussah. Als sie sich nach dem dürren Gehilfen erkundigten, drehte er den Kopf weg und antwortete nicht.

Als Cut Cheek sich ein wenig erholt hatte, flüsterte Pashak ihm zu: »Hast du die anderen gesehen? Hast du meine Schwester Wapen gesehen, die mit einem Mann von Miumskums Familie verheiratet ist?«

Langsam hob der Schamane seine zitternde Hand und deutete nach Osten. »Ihr Camp liegt zwei Tagereisen von hier am Fluß. Sie können nicht mehr gehen. Sie verhungern. Das Tauwetter kam zu spät.«

Andrew und Pashak schnappten sich eine Axt und rannten zum Fluß hinunter. Sie hackten geschwind den Fischvorrat aus dem Eis. Phim half ihnen, die Forellen in zwei große Rucksäcke einzupacken, jeder beinah hundert Pfund schwer. Sie schnallten ihre Schneeschuhe an, warfen sich die Rucksäcke auf den Rücken und liefen los. Pashak spurte voraus, Andrew folgte ihm.

Sie liefen auf dem Ufer, denn sie durften sich nicht mehr auf das brüchige Eis hinauswagen, das an manchen Stellen von warmen Unterströmungen ausgehöhlt war. Mühsam ging es durch den matschigen Schnee nach Osten.

Wie ein geschmeidiges Wiesel schnellte Pashak vor, weit holte er mit seinen Schneeschuhen aus, obwohl seine schwere Last ihn mit jedem Schritt tief in den Schnee einsinken ließ. Nur selten machten sie Rast, und wenn sie es taten, nahmen sie nicht die Rucksäcke ab, sondern stützten sie auf einen Stein am Ufer. Der Gedanke, daß seine Schwester Wapen verhungerte, trieb Pashak mit solchem Tempo weiter, daß Andrew fürchtete, nicht Schritt halten zu können. Aber er konnte es.

Wie schnell Pashak auf seinen breiten biberschwanzförmigen Schneeschuhen auch dahinflog, immer hörte er Andrew hinter sich keuchen.

»Laß mich eine Weile vorausspuren!« rief Andrew. »Du brauchst nicht immer die schwerste Arbeit zu tun.«

Erleichtert sprang Pashak zur Seite und überließ Andrew die Führung.

Und so liefen sie weiter am Fluß entlang, bis der Abendstern aufging.

»Wir müssen Rast machen«, keuchte Pashak und ließ sich gegen einen Baumstamm sinken.

»Ich bin froh, daß du das sagst«, stammelte Andrew. »Ich kann keinen Schritt mehr weiter.«

Ächzend stützten sie ihre Rucksäcke auf einen Stein. Erst als sie ein wenig verschnauft hatten, ließen sie ihre schweren Lasten von den Schultern gleiten. Dann bauten sie sich aus Fichtenzweigen einen kleinen Unterstand, denn sie hatten kein Zelt mitgenommen.

Als Andrew im Morgengrauen erwachte, war Pashak schon auf. Steif wie ein alter Mann bückte er sich, um seine Mokassins anzuziehen.

»Du siehst aus, wie ich mich fühle«, lachte Andrew und kämpfte sich aus seinen Decken.

Sie teilten sich ein Stück Dörrfleisch aus Andrews Rucksack. Erst langsam und beschwerlich, dann immer schneller spurte Pashak am Ufer weiter. Andrew sah, daß er es verzweifelt eilig hatte. Aber sie sprachen kein Wort miteinander, um Kraft und Atem zu sparen.

Es war schon beinah wieder dunkel, als sie hinter einer Flußbiegung das Camp sahen.

»Kein Rauch, kein Lebenszeichen!« sagte Pashak.

Alles schien tot und ausgestorben. Andrew blieb stehen. Er fühlte die Angst in sich aufsteigen. Waren Wapen und die anderen verhungert? Das kalte, leblose Camp schien sie aus hohlen Augen anzustarren.

Die Hungerbucht

Der Abendwind strich sacht über den Fluß. Als sie das verlorene Camp erreichten, rüttelten die Böen am zerschlissenen Leinen der wackeligen Zelte. Es sah aus wie ein geisterhaftes Ein- und Ausatmen, und es hörte sich an wie das Keuchen von Sterbenden.

Pashak und Andrew stolperten zwischen die Zelte und ließen erschöpft ihre Rucksäcke fallen. Kein Lebenszeichen – nicht einmal der Geruch lang erkalteter Asche.

»*Wotshimao! Wotshimao!*« rief Pashak nach dem Häuptling. Der alte Miumskum antwortete nicht. Da war nur Schweigen.

Pashak war so erschüttert, daß er zu keiner Bewegung fähig war. Andrew zog die Klappe des ersten Zeltes auf und trat ein. Drinnen war es kalt und dunkel.

»Miumskum?« flüsterte er. »Osken? Wapen? Ist hier jemand? Antwortet doch bitte!«

Aber es antwortete ihm nur eisige Stille. Als seine Augen sich an die Dunkelheit gewöhnt hatten, sah Andrew, unter Wolldecken zusammengekrümmt, menschliche Gestalten. Er streckte die Hand aus und berührte den nächsten. Der Körper unter der Decke war kalt und starr wie Stein. Keuchend rannte Andrew aus dem Zelt.

Pashak befürchtete das Schlimmste. Er sprang zum nächsten Zelt und schrie: »Wapen! Wapen!«

Als er die Eingangsklappe aufriß, hörte er das erschreckte Wimmern eines kleinen Kindes. Eine junge Frau antwortete mit schwacher Stimme: »*Tskhekwan?* Wer ist da? Was wollt ihr?«

»Wapen, fürchte dich nicht. Ich bin's, Pashak – und Andrew.«

In der Dunkelheit regte sich eine menschliche Gestalt. Und wieder hörten sie das Kind wimmern.

»Mein Bruder! Träume ich, oder bist du es wirklich?« schluchzte Wapen.

»Ja, ich bin's«, sagte Pashak mit versagender Stimme. »Ich bin so froh, daß du noch lebst.«

Es entstand eine Pause.

Dann sagte seine Schwester leise: »Wapen muß sterben, sterben. Willst du mir Lebewohl sagen?«

Sie war so schwach, daß sie sich nicht einmal aufsetzen konnte. Hilflos weinend lag sie am Boden und starrte zu ihrem Bruder hinauf. Sie drückte das kleine Kind an sich.

»Hol rasch unsere Decken«, rief Andrew erschüttert. »Ich mach inzwischen Feuer.«

»Pashak! Pashak! Sag mir Lebewohl«, flüsterte Wapen.

»Du darfst jetzt nicht sprechen«, sagte Pashak.

»Ich muß fort«, sagte Wapen mit brechender Stimme. »Ach, Pashak, hast du nicht ein kleines Stückchen Fleisch für mich – als Wegzehrung?« Verzweifelt verzog sie den Mund, und auf ihren hohlen Wangen zeigten sich tiefe Schatten.

»Andrew macht schon Feuer«, sagte Pashak. »Gleich haben wir Fisch für dich.«

»Oh, schnell, schnell. Ich kann nicht warten! Gebt mir gleich zu essen, sonst werde ich wieder ohnmächtig.«

Pashak schnitt ein vereistes Stück Fisch ab und versuchte, es zwischen seinen Händen aufzutauen. Aber Wapen riß es ihm aus der Hand. Ihre eiskalten Finger fühlten sich an wie Krallen. Bevor sie sich den Fischklumpen in den Mund stopfte, riß sie einen Streifen ab und gab ihm dem Kind, das erschrocken zu weinen anfing. Zu plötzlich, zu unglaublich war das Gefühl, endlich wieder Nahrung zu kosten.

Dann aber prasselte im Zelt ein Feuer, das Licht und Wärme verbreitete. Die glitzernden Rauhreifkristalle auf der Leinwand schmolzen und lösten sich in rieselnde Bächlein auf. Im Kessel brodelten fette Fische. Sie wurden braun und zergingen wie goldene Butter in ihrem köstlich duftenden Saft.

Pashak hielt seine Schwester im Arm und fütterte sie behutsam. Andrew fütterte das kleine Kind.

»Wir dürfen ihnen nicht zuviel auf einmal geben, sonst wird ihnen übel«, sagte Pashak. »Ich versteh nur nicht, warum die beiden allein im Zelt sind.«

»Osken ist mit Makwah auf die Jagd gegangen«, erzählte Wapen. »Sie konnten kaum noch gehen, die beiden. Trotzdem sind sie hinausgegangen, um etwas für uns zu jagen. Zwei Tage später taumelte der alte Miumskum hinaus. Er ging fort und schleppte einen leeren Toboggan mit. Er ist alt, aber er ist stark, und er gibt nie auf. Alle sind fort – ich weiß nicht, wie lange.« Wapen weinte. »Ich weiß nicht, wie viele Tage wir ohne Feuer im Zelt liegen. Hätte das Kind mich nicht gewärmt, dann wären wir beide erfroren. Wo sind die anderen alle? Wo ist Osken, mein Mann? Liegt er irgendwo draußen im Schnee?«

»Wir werden ihn suchen«, sagte Pashak. »Schlaf jetzt, und wenn du aufwachst, werden wir wieder essen. Sprechen können wir morgen.«

Als Wapen eingeschlafen war, flüsterte Pashak: »Ist im anderen Zelt noch jemand am Leben?«

Traurig schüttelte Andrew den Kopf.

Pashak trat ins Mondlicht hinaus. Er hob die Zeltklappe und winkte Andrew zu sich. »Das müssen die Spuren der Männer sein. Sie führen ins Binnenland zurück. Und das ist Miumskums Spur«, sagte er. Er deutete auf den Schnee. »Es sind die Schritte eines alten Mannes, und er zieht einen Toboggan.«

Jetzt erst setzten sie sich hin, um selbst etwas zu essen. Sie schlangen gierig ein paar Fischstücke hinunter, dann schnürten sie zwei kleine Bündel zusammen und ließen alles andere bei den Zelten zurück. Sie brachen auf und folgten mit ihren Schneeschuhen die ganze Nacht der vom Mond erhellten Spur.

Im ersten Morgenlicht kamen sie zu einer kleinen, schlecht gebauten Schutzhütte aus Fichtenzweigen. Ein dünnes Rauchwölkchen kräuselte sich über dem Dach.

»*Wotshimao! Wotshimao!* Erster Mann!« rief Pashak von weitem, denn er wollte die Menschen in der Hütte, wer es auch sein mochte, nicht erschrecken.

»Hier bin ich«, antwortete eine krächzende Stimme, und Miumskum kam auf Händen und Knien herausgekrochen.

Als er sie erkannte, kicherte er und zeigte ihnen ein zahnloses Grinsen. »Ich bin alt, aber ich wollte unbedingt am Leben bleiben, um zu sehen, ob ihr kommt. Falls ihr zu essen mitgebracht habt, gebt es mir bitte. Ich werde es Osken in den Mund stecken. Er lebt kaum noch und kann nicht mehr kriechen. Mein armer Sohn Makwah ist gestorben«, sagte Miumskum. »Wir haben seinen Körper mit letzter Kraft auf dem Baum da drüben zur Ruhe gebettet.«

Sie fütterten Osken und Miumskum mit kleinen Fischhappen und kalter Suppe. Erst dann machten sie ein Feuer und besserten die Schutzhütte aus. Aber am nächsten Morgen konnten sie nicht länger warten. Sie banden Miumskum und Osken auf den Toboggan. Pashak und Andrew spannten sich davor und schleppten die halbverhungerten Männer ins Camp zurück, wo sie Wapen und das Kind allein zurückgelassen hatten.

Lange bevor sie die Zelte erreichten, rochen sie den Duft guter Fischbrühe, und sie sahen erstaunt, daß Wapen und das Kind draußen im Freien standen. Sie hatten einen großen Kessel über ein loderndes Feuer gehängt.

Wapen schluchzte, als sie ihren Mann Osken wiedersah. »Ich habe nie die Hoffnung aufgegeben, daß du zu mir zurückkommst«, sagte sie.

Andrew und Pashak warteten neun Tage. Wapen, Osken und das kleine Mädchen, sogar der alte Miumskum, setzten wieder Fleisch auf den Knochen an. Die fetten Forellen und die leckeren Schneegänse gaben ihnen neue Kräfte.

Das Eis auf dem Fluß stand unter Wasser, und der Schnee war überall zurückgewichen. An den Ufern blühten die ersten Blumen, und viele Vögel kamen aus dem Süden, um ihre Nester zu bauen. Schlanke, stummelschwänzige Enten fielen flatternd auf den Tümpeln ein und schrien »Akee-ak-un-nuk! Akke-ak-un-nuk!« Die weite Tundra prangte in frischem Grün. Die letzten Schneeflecken im Schatten der Bäume weckten in der gleißenden Mittagssonne flimmernde Trugbilder.

»Wir müssen fort«, sagte Pashak. »Sonst finden wir zu wenig Schnee für unsere Schlitten.«

Als sie die Böschung hinabstiegen, drehten sie sich ein letztes Mal um und blickten traurig zu den Toten hinauf, die hoch in den Bäumen ihre letzte Ruhe gefunden hatten.

Der alte Miumskum rief: »Lebt wohl! Lebt wohl! Ich hätte nie gedacht, daß ich es bin, der lebendig von dieser Hungerbucht fortgeht.«

Unterwegs mußte Miumskum sich oft ausruhen. Dann setzte er sich auf den Toboggan zu dem kleinen Mädchen, das noch immer sehr schwach war. Die meiste

Zeit aber lief der Alte auf Schneeschuhen neben den anderen her. Das Essen, die Arbeit, die warme Frühlingssonne erfüllten alle mit neuem Leben. Und doch war es ein Wunder, daß einige zu den »wahren Menschen« zurückkehren durften – in Agawans Camp bei den singenden Wasserfällen.

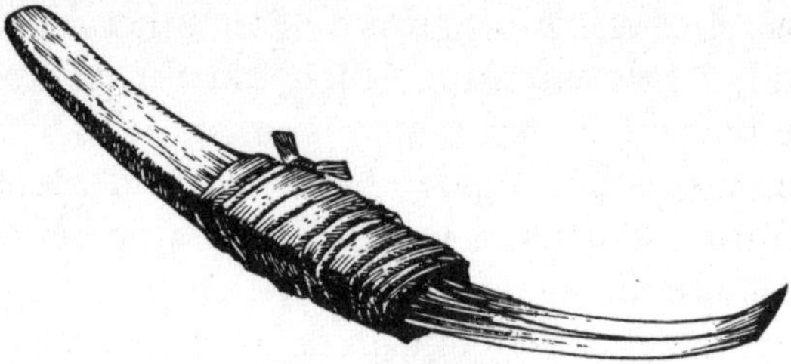

Flußläufer

Andrew erwachte vom Brausen der Wasserfälle, das die Morgenluft mit frischer Frühlingsmusik erfüllte – jetzt, da der Fluß seinen winterlichen Eispanzer gesprengt hatte.

»Der Fluß singt wieder!« jubelte Pashaks Schwester, »und die Schneehühner kommen aus dem Süden zurück. Der alte Cut Cheek ist fortgegangen, um die Stelle zu suchen, wo er und Miumskum ihre guten Kanus zurückgelassen haben.«

Pashak und Andrew schälten sich aus ihren Decken. Sie zogen sich an und liefen hinaus. Über dem Zelt strahlte ein tiefblauer wolkenloser Himmel.

»Heute morgen werden wir das alte Kanu suchen, das Miumskum uns geschenkt hat«, rief Pashak. »Es muß drüben am anderen Ufer liegen. Mit diesem Kanu können wir beide nach Fort Chimo zurückkehren.«

Vorsichtig, mit einem Stock das Eis prüfend, überquerten sie den Fluß in sicherer Entfernung von den Wasserfällen.

»Es wird nicht leicht sein, das Kanu zu finden«, meinte Pashak. »Miumskum hat es gut versteckt, um es vor der Witterung zu schützen.«

»Aber da liegt ein Paddel«, sagte Andrew. »Oder vielmehr ein halbes Paddel.« Er hob es auf.

»Die Stachelschweine haben den Griff durchgenagt«, sagte Pashak. »Der Mann, der zuletzt damit ruderte, hatte wahrscheinlich Fisch- oder Karibufett an den Händen. Im Winter suchen die Stachelschweine jede Art Fett, die sie finden können.«

»Wo das Paddel ist, muß auch das Kanu sein«, sagte Andrew.

So war es. Das Kanu lag kieloben auf einem flachen Holzgestell, beinahe vor Andrews Nase. Es war mit alter Baumrinde so gut getarnt, daß sie daran vorbeigelaufen wären, wenn sie nicht das Paddel gefunden hätten.

»Dieses Kanu ist nicht mehr zu gebrauchen«, sagte Andrew, nachdem sie die Baumrinde abgedeckt hatten. »Die Leinwand ist schon ganz verfault.«

»Siehst du, darum habe ich die Birkenrinde aus dem Land der Bergmenschen mitgebracht«, sagte Pashak. »Unsere Birken sind zu klein. Aus ihrer Rinde kann man keine Kanuhaut machen. Laß uns die Rinde heute abend erhitzen und aufrollen. Morgen früh machen wir uns an die Arbeit.«

Sie rissen die nutzlose alte Leinwand ab und trugen das graue Gerippe über den Fluß, zu der flachen Lichtung vor ihrem Zelt.

Am nächsten Morgen regnete es in Strömen.

»Regen ist ein gutes Zeichen, wenn man ein Kanu bespannen will«, sagte Pashak. »Und außerdem bilden sich Pfützen auf dem Eis, die mithelfen, den Fluß aufzutauen.«

Pashak nahm zwei Streifen Birkenrinde und schnitt in der Mitte ein Loch hinein, so daß man den Kopf hindurchstecken und das ganze wie einen Poncho über die Schultern ziehen konnte. »Jetzt werden wir bei der Arbeit nicht naß«, sagte Pashak. »Birkenrinde ist wasserdicht, man kann sie für alles mögliche gebrauchen.«

Agawan half mit, und Andrew staunte, wie schnell die Birkenrinde in die richtige Form geschnitten und zusammengenäht war. Die Frauen hatten inzwischen Fichtenharz gesammelt und über dem Feuer erwärmt. Damit wurden jetzt alle Nähte und Kanten der Rindenhaut sorgfältig abgedichtet.

Am nächsten Morgen war das Kanu fertig und konnte ins Wasser gelassen werden. Wie durch ein Wunder hatte der Regen auch das letzte Eis geschmolzen, und der Fluß war offen, so weit sie sehen konnten.

Sango hatte sich inzwischen unbemerkt hinter dem Zelt zu schaffen gemacht. Er hatte zwei Birkenstämme mit der Axt gespalten und die Latten mit seinem scharfen Krummdolch zurechtgeschnitzt. Als Andrew ums Zelt bog, sah er erstaunt, daß zwei starke Paddel fertig waren. Sango holte aus seinem Rucksack eine Glasscherbe, die er aus Fort Chimo mitgebracht hatte. Er zerbrach das Glas, und mit der rasiermesserscharfen Kante schabte er die Paddelblätter glatt wie Eis.

»Dies ist deins«, sagte Sango und reichte Andrew das längere Paddel.

»Weil ich so groß bin?« fragte Andrew.

»Nein«, übersetzte Pashak. »Sango sagt, daß deins das

längere ist, weil du im Bug sitzen wirst. Da brauchst du ein langes Paddel, um uns von den Steinen abzustoßen. Mein Paddel ist kürzer und breiter, denn ich werde im Heck sitzen und versuchen, unser Kanu zu steuern. Hast du schon mal ein Kanu gepaddelt, bevor du in unser Land gekommen bist?«

»Nicht oft«, mußte Andrew zugeben. »Ein paar Ausflüge, als wir in Camp Tamogami wohnten, aber immer nur auf glatten Seen. So was wie hier habe ich noch nicht erlebt«, sagte er und deutete auf den schäumenden, brausenden Fluß.

»Ach, hinter den Wasserfällen wird es ruhiger – und erst recht, wenn das Schmelzwasser von den Böschungen abgelaufen ist.«

Andrew holte die Landkarte, die der Faktor ihm mit auf die Reise gegeben hatte, aus dem Rucksack. Er faltete sie auf und nordete sie mit dem Kompaß. Der Polarstern stand direkt über dem Fluß.

»Unterhalb der Wasserfälle spaltet sich der Fluß in zwei Arme«, sagte Andrew und zeigte auf die Karte. »Der eine Arm führt schnurgerade nach Fort Chimo.« Er fuhr mit dem Finger über die Landkarte. »Der andere Arm ringelt sich wie eine Schlange. Schau nur her, auf die Landkarte«, sagte er zu Pashak.

»Ich verstehe nichts von Landkarten«, sagte Pashak. »Wozu brauchst du eine Karte? Steh auf, Andruuu, und sieh es selbst. Unterhalb der Wasserfälle spaltet sich der Fluß, und beide Arme fließen nach Norden, zur Ungava Bay.«

Andrew legte die Hand über die Augen. »Ja, aber der Flußarm, der so gewunden ist, hat sicher Sandbänke und

Untiefen und Stromschnellen. Der gerade Flußarm wird ganz glatt sein.«

»Er ist glatt«, sagte Pashak, »aber mir scheint, daß er tief und sehr schnell ist. Auf diesem Flußarm bin ich noch nie gefahren. Die *Nenenat* befahren nur den anderen, den krummen Arm. Zeige doch mal deine Landkarte dem alten Miumskum. Vielleicht versteht er mehr davon.«

Piwas breitete zwei Karibufelle auf den steinigen Boden vor dem Zelt, und alle knieten sich hin, um die Landkarte zu studieren.

»Hier bei den Wasserfällen sind wir«, erklärte Pashak dem alten Miumskum. »Und dies«, er deutete auf ein Sternchen im Norden der Karte, »ist Fort Chimo. Und hier ist der Koksoak River.« Pashak schrie, um das Tosen der Wasserfälle zu übertönen. Er fuhr mit dem Finger eine schlangenartig geringelte Linie entlang. »Der Fluß hat zwei Arme, einen geraden und einen gewundenen. Welchen sollen wir nehmen? Das will Andrew wissen.«

Der alte Miumskum antwortete nicht gleich.

»Wir *Nenenat* nehmen den linken Arm«, sagte er schließlich und fuhr mit seinem zernarbten Finger die S-förmigen Windungen nach.

»Frag ihn doch, ob er schon einmal auf dem rechten Arm gefahren ist«, sagte Andrew.

»Nein«, antwortete Miumskum. »Keiner von unseren Jägern ist jemals auf diesem Flußarm gepaddelt.«

»Da haben sie einen Fehler gemacht«, sagte Andrew. »Schätze, das kommt daher, weil sie keine Landkarte hatten.« Er brach ein Weidenzweiglein ab und maß damit den rechten, dann den linken Flußarm aus. »Mit all diesen Windungen ist es fast doppelt so weit nach Fort Chimo. Frage Agawan, ob er das gewußt hat?«

Pashak übersetzte die Frage, dann schüttelte er den Kopf. »Agawan gibt mir keine Antwort. Wahrscheinlich denkt er nach.«

»Gut«, sagte Andrew und faltete die Landkarte zusammen. »Wir wollen die Sache erforschen. Wir werden den rechten Flußarm hinunterpaddeln. Er ist viel kürzer, und er ist gerade. Sag ihnen das.«

Pashak erzählte Agawan und Miumskum, was Andrew gesagt hatte. Aber sie blieben reglos liegen und blickten sinnend über den Fluß.

Honk-honk-honk, schallte es, und Pashak und Andrew sprangen auf. Sehnsüchtig starrten sie den Wildgänsen nach, die in einer langen, schwankenden Kette über den Himmel nach Norden zogen. Der alte Miumskum rief Pashak ein paar Worte zu, die dieser aber nicht übersetzte.

Später, beim Essen, fragte Andrew, was der Alte gesagt hatte.

»Ach, nichts Besonderes«, meinte Pashak. »Er sagte, du hast nicht unrecht. Der rechte Flußarm ist kürzer und hat weniger Windungen. Ach ja, und er sagte auch noch, wir werden viel schneller fahren als uns lieb ist. Er sagte, du sollst dich gut festhalten, denn wir werden schneller als ein Pfeil übers Wasser dahinschießen.«

Am andern Morgen fragte Pashak: »Also, willst du wirklich den geraden Flußarm hinunterfahren?«

»Klar will ich das«, sagte Andrew. »Ich glaube an Landkarten.«

Pashak schüttelte den Kopf. »Die schwarzen Strichlein auf dem Papier verraten dir nicht alles, Andruuu. Du mußt dir mit eigenen Augen den Fluß ansehen. Du mußt versuchen, ihn zu verstehen. Aber wenn du unbedingt den geraden Arm fahren willst – ich komme mit dir. Ich hab keine Angst vor einer schnellen Reise.«

»Glaubst du, wir können alle unsere Sachen, auch die verschnürten Pelzballen, in diesem kleinen Kanu verstauen?«

»Klar«, sagte Pashak. »Aber wir dürfen nicht viel herumschaukeln. Das Kanu wird schwer beladen sein. Miumskum hat gesagt, er will mit den anderen bis zu der Stelle am gewundenen Flußarm wandern, wo Cut Cheek das Kanuversteck vom letzten Herbst gefunden hat. Sie paddeln dann alle auf dem linken Arm.«

Alle gingen mit bis zur Flußgabelung und schauten zu, wie die Jungen das neu bespannte Kanu ins Wasser ließen. Als sie ihre Pelze, ihre Rucksäcke und ihren Proviant eingeladen hatten, winkten Pashak und Andrew den anderen zu und stießen das Kanu vom Ufer ab.

Sie paddelten in die Mitte der Strömung hinaus, vorbei an der Flußgabelung, und sahen in der Ferne die Stromschnellen des gewundenen Flußarmes aufblinken. Andrew stieß sein Paddel leicht ins Wasser und paßte gut auf, daß er nicht gegen das Dollbord des Kanus stieß.

»Du bist ein starker Paddler!« rief er nach hinten.

»Ich bin nicht stark«, antwortete Pashak. »Der Fluß ist stark. Wir sausen dahin wie von selbst. Wir brauchen fast gar nichts zu tun.«

Pashak hatte recht. Sie brauchten ihr Kanu nur auf geradem Kurs zu halten, während es auf dem glatt dahinschießenden dunklen Wasser nach Norden trieb.

Gegen Mittag hatten sie bereits eine weite Strecke zurückgelegt. Andrew studierte die Landkarte. »Wenn wir in diesem Tempo weiterfahren, erreichen wir morgen die Stelle, die der ›Böse Stein‹ heißt.«

»Wunderbar!« lachte Pashak. »Ich bin noch nie so schnell in einem Kanu gefahren. Unsere Alten haben einen Fehler gemacht, als sie immer auf dem langsamen, krummen Flußarm fuhren. Wie langweilig. So eine schnelle Fahrt macht richtig Spaß!«

Gegen Abend zeigte der Fluß ein anderes Gesicht. Jetzt war er nicht mehr glatt, dunkel und still. Er bekam »Fischaugen«, kleine rauschende Wirbel in der Strömung, und »Heuraufen«, wo das Wasser brodelnd über verborgene Steine brauste. Aus der Ferne hörten sie ein dumpfes Grollen.

»Was ist das für ein Geräusch?« rief Andrew. »Auf der Landkarte sind hier keine Wasserfälle eingezeichnet.«

»Ich weiß nicht«, sagte Pashak. »Wir sollten ans Ufer paddeln und zu Fuß weitergehen, um nachzusehen, was das für ein Geräusch ist.«

»Ach«, rief Andrew, »fahren wir lieber noch ein Stück. Wenn es morgen genauso schnell weitergeht, sind wir am dritten Tag in Fort Chimo.«

»Die Packträger werden es nicht glauben!« rief Pashak. »Stell dir nur vor, so viele Tage haben wir unsere Lasten ins Inland geschleppt, und jetzt sitzen wir faul im Kanu und sind in drei Tagen wieder zu Hause.«

»Wir wollen uns doch lieber näher am Ufer halten«, sagte Andrew. »Wenn eine Gefahr auftaucht, gehen wir rasch an Land.«

Sie steuerten ihr Kanu aus der Flußmitte, aber als die Sonne am Abend sank und schon tiefe Schatten über den Fluß fielen, mußten die beiden so aufpassen, um überhaupt noch etwas zu sehen, daß sie gar nicht merkten, wie schnell sie auf einmal auf dem Wasser dahinschossen. Erschrocken sah Andrew plötzlich eine Reihe scharfer Felszacken aufblitzen, und das Kanu rutschte über einen Stein, knapp unter der Wasseroberfläche. Dort ragten noch mehr kantige Brocken aus der schäumenden Gischt – bereit, den dünnen Boden des Baumrindenkanus aufzuschlitzen.

»Paddeln! Paddeln!« schrie Pashak, und die beiden kämpften sich mit vereinter Anstrengung wieder zur Flußmitte hinaus – nur fort von den tödlichen, unter der Oberfläche lauernden Felsen.

»Uff, das war knapp«, rief Andrew und starrte in das wieder tief und glatt dahinströmende Wasser. »Hier draußen sind wir sicher.«

»Nein, nein«, schrie Pashak. »Hier in der Mitte ist die Strömung am schnellsten – viel zu schnell! Schau nur! Schau nur!« rief er. »Der Wasserwirbel da vorne! Das ist der ›Böse Stein‹!«

Eine halbe Meile weiter unten sah Andrew eine riesige, weiße Gischt aufwirbelnde Woge, die donnernd gegen eine zerklüftete Felseninsel mitten im Flußbett brandete.

»Wir paddeln ans Ufer«, schrie Pashak. »Mit aller Kraft! Mit aller Kraft! Paddeln! Paddeln! Paddeln!«

Andrew stieß sein Paddel tief ins Wasser und warf sich mit seinem ganzen Körper dagegen. Er konnte das Kanu quer stellen, so daß der Bug nach dem Ufer zeigte. Aber das leichte Baumrindenkanu, ohne Kiel, glitt einfach seitwärts weiter – mitgerissen vom Sog der hochgehenden Schmelzwasserfluten.

»Paddeln! Paddeln! Paddeln!« keuchte Pashak und stemmte sich mit letzter Kraft gegen sein Ruder.

Andrew merkte, daß es unmöglich war, das Ufer zu erreichen. »Zurück! Wir müssen das Boot geradestellen und versuchen, an dieser Insel vorbeizukommen. Es ist nicht viel Platz!«

Auf der einen Seite sprangen die Uferfelsen weit in die tosenden Wasser vor, auf der anderen Seite drohte die gischtgepeitschte kleine Felseninsel, und über dem brodelnden Schlund warfen die letzten Strahlen der Abendsonne einen blitzenden Regenbogen in den eisigen Sprühnebel.

»Ich kann das Boot nicht geradehalten«, rief Pashak verzweifelt.

Aber das Tosen der Wasser übertönte alles, und Andrew hörte ihn nicht mehr. Das Kanu krachte seitlich gegen die Felsinsel. Es zerbrach in Stücke, und Pashak und Andrew versanken in den tödlichen Wirbeln.

Der »Böse Stein«

Die Pelzballen gingen im rauschenden Wasser unter, wurden hochgeschleudert und schaukelten auf der Flut davon. Als das Kanu sich zur Seite neigte und gurgelnd untertauchte, als seine Holzrippen splitterten und seine Rindenhaut riß wie Papier, stieß Andrew sich mit dem Paddel am Dollbord ab und kriegte im letzten Moment einen der Fellballen zu fassen, an dem er sich festklammerte. Die Luft zwischen den wasserdicht eingenähten Pelzen bewirkte, daß das Bündel wie eine Rettungsboje schwamm. Andrew wurde vom Strudel mitgerissen und gegen die Felseninsel geschleudert. Die Angst gab ihm neue Kräfte, und er schaffte es, die glatt ausgewaschene Felswand hinaufzuklettern.

Oben angekommen, fand er Pashak, der unter dem einzigen Bäumchen auf der kleinen Insel kauerte. Er zitterte und spuckte hustend Wasser. Andrew brach neben ihm zusammen.

Pashak hob langsam den Kopf und schaute sich um.

»Besser, wir wären schnell im Fluß ertrunken, als hier die ganze Nacht in der Nässe zu liegen und langsam zu erfrieren. Wir haben kein Feuer, kein Gewehr, keine Pelze, kein Kanu – gar nichts mehr«, sagte er tonlos. »Wir hätten auf die Alten hören sollen, die etwas von Kanus verstehen. Miumskum hat uns gewarnt, daß dieser Fluß viel zu schnell fließt.«

»Sieh mal«, sagte Andrew, »ohne dies Pelzbündel wäre ich ertrunken.«

»Immerhin etwas«, meinte Pashak und griff tastend nach seinem Gürtel. Das kurze krumme Messer, das sein Vater ihm geschenkt hatte, war noch da.

Pashak schlitzte die schützende Leinwandhülle auf und schüttelte sechzehn Otterfelle heraus.

»Sie sind noch trocken«, sagte er. »Schnell, hilf mir, damit wir aus dem eisigen Sprühregen herauskommen.« Pashak stand auf und fing an, die Zweige der kleinen Fichte abzuschneiden.

Das ist keine Insel, das ist ein böser, sehr böser Stein, dachte Andrew. Nicht viel größer als ein Elefantenrükken. Und hier sollen wir übernachten? Aber er erhob sich, um Pashak zu helfen. Aus den Ästen des Bäumchens und aus dem dichten Gestrüpp unter seinem Stamm bauten sie eine einfache Schutzhütte. Sie deckten die sechs größten Otterpelze – Fell nach außen – darüber, um sich gegen die spritzende Gischt zu schützen.

»Immerhin sind sie wasserdicht«, seufzte Pashak und breitete noch vier Felle über den nassen Steinboden. »Wenn wir Feuer hätten, könnten wir unsere Sachen trocknen.«

»Ich habe Streichhölzer«, sagte Andrew, »aber sie sind völlig durchweicht.«

»Laß mal sehen«, sagte Pashak und schüttelte sie auf ein trockenes Otterfell. »Die Zündhölzer in der Mitte sind nicht so naß wie die anderen. Mein Großvater sah einmal einen Mann, der mit seinen Haaren Streichhölzer trocknete.«

»Das habe ich auch schon gehört, aber unsere Haare sind klitschnaß.« Er fröstelte.

»Das Otterfell hier ist trocken«, sagte Pashak und rieb vorsichtig ein Zündholz dagegen – erst langsam, dann immer schneller. »Und jetzt brauchen wir noch einen trockenen Stein.«

Er fand einen nassen Kiesel und rubbelte ihn mit einem anderen Fell trocken.

»Ich bin bereit. Kannst du ein paar trockene Zweige finden?«

»Ich glaube nicht«, antwortete Andrew. »Auf diesem Inselchen gibt es keinen trockenen Faden.«

»Dann hol mir mal einen toten Ast von der Fichte dort«, befahl Pashak.

Er schälte mit seinem Messer vorsichtig die Rinde ab und untersuchte sie im letzten Tageslicht.

»Die innere Rinde ist trocken«, sagte er. »Ich will versuchen, ein Häufchen Zunder abzuschaben. Und du, Andruuu, reibe inzwischen eine Stelle am Felsboden trocken.«

Als sie endlich alles bereit hatten, war es beinah dunkel.

»Beuge dich ganz nah darüber, damit kein Wasser hereinspritzt.«

Pashak rieb das Zündholz gegen den trockenen Stein, bis das Köpfchen abbrach.

»Es – brennt – nicht«, stotterte Andrew zähneklappernd.

»Versuchen wir's noch mal«, sagte Pashak. »Aber es ist so dunkel, daß ich nicht sehen kann, welche Zündhölzer naß und welche trocken sind. Andruuu, reib dir mit dem Finger das Ohrläppchen trocken und halte die Zündhölzer dran. So kannst du fühlen, ob sie naß oder trocken sind.«

»Es klappt«, wunderte sich Andrew. »Diese beiden sind die besten.«

Minutenlang strichen sie ihre Zündhölzer gegen das Otterfell, um sie durch Reibungswärme zu trocknen. Andrew riß das seine an – und weinte fast vor Wut, als er in der Dunkelheit tastend feststellte, daß der Kopf abgebrochen war. Er zitterte in seinen nassen Kleidern, die allmählich zu Eis erstarrten. Dann aber sah er ein winziges blaues Fünkchen, das langsam zu einer gelben Flamme aufglomm – einer Zündholzflamme! Pashaks Hölzchen brannte.

Mit bebenden Händen schützte Pashak die kostbare Flamme und hielt sie an das Zunderhäufchen. Die vertrocknete Rinde qualmte und kokelte – dann fing sie Feuer.

»Schnell«, rief Pashak. »Brich kleine Zweige ab und röste sie trocken.«

Andrew staunte, wie gut sie brannten.

»Das kommt, weil dürres Fichtenholz voller Harz ist. Mein Großvater sagt, das ist die letzte Chance des Baumes, zu den Tieren und Menschen zu sprechen.«

»Ein herrliches Geräusch«, lachte Andrew. Pashak und er hielten ihre erstarrten Finger über die züngelnden Flammen und lauschten auf das leise Prasseln.

Wunderbare Wärme strömte durch ihre Arme und den Rücken hinunter. Sie schürten das Feuer, bis es hell loderte, dann zog Pashak seine nasse Jacke aus und legte sich ein Otterfell über die Schultern. Er befestigte zwei Stöcke über dem Feuer und hängte Andrews und seine Sachen zum Trocknen auf.

»Wir haben es gar nicht schlecht«, sagte Andrew. »Wir haben ein Dach über dem Kopf und ein Feuer. Wenn wir nur ein bißchen zu essen hätten!«

»Essen?« lachte Pashak. »Wir brauchen nichts zu essen, solange wir nur genug Wasser haben. Wir können von unserem Speck zehren, den wir in den letzten Wochen angesetzt haben. Mach dir lieber Sorgen, wo wir Brennholz finden sollen. In zwei Tagen werden wir auch das letzte Zweiglein auf dieser angeblichen Insel verbrannt haben. Dann kommen die Nässe und die Kälte – und das wird unser Ende sein. Wären wir doch auf dem gewundenen Flußlauf gefahren! Da hätten wir wenigstens eine Hoffnung, daß Menschen vorbeikommen und uns finden.«

»Ich habe einen Traum gehabt«, sagte Andrew, als er am nächsten Morgen erwachte.

»Was hast du geträumt?« fragte Pashak. »Ich hoffe, du hast geträumt, daß jemand kommt und uns rettet.«

»Nein«, sagte Andrew, während er in die Asche blies und frisches Holz nachlegte. »Ich sah Männer, die hatten Pfeil und Bogen und wollten uns erschießen, uns töten.«

»Du hast in deinem Traum den Tod gesehen«, sagte Pashak. »Das wundert mich nicht.«

Andrew befühlte ihre Jacken und Leggins. »Sie sind beinahe trocken, wir können sie anziehen.«

»Hinausgehen können wir nicht«, sagte Pashak. »Wir würden nur wieder naß werden in der Gischt. Wir könnten nichts anderes tun als liegenbleiben und warten – warten auf nichts.«

Am dritten Tag legte sich Pashak die alte Leinwand, in der die Pelze verpackt gewesen waren, über die Schultern und kroch hinaus. Aufgeregt schrie er: »He, komm mal raus! Da ist eine Frau. Und ein Kind. Oh, ich glaube, es ist Phim! Und – und da sind ja Agawan und Sango und alle anderen. Die ganze Familie. Oh, sie haben uns gesehen. Sie winken uns. Ich glaube, ich sehe auch Wapen und Miumskum.«

Er schrie und winkte; aber natürlich konnten sie ihn durch das Getöse des Wassers nicht hören.

»Sie haben kein Kanu«, sagte Andrew enttäuscht.

»Ein Kanu würde hier nicht viel nützen«, sagte Pashak. »Es würde ebenfalls in den Wasserwirbeln vor dem Felsen zerschellen.«

»Was sollen wir nur tun?« stöhnte Andrew. »Einfach in unserer feuchten Hütte liegenblieben und zuschauen?«

»Ja«, lachte Pashak. »Falls dir nichts Besseres einfällt.«

»Was macht nur der alte Miumskum?« fragte Andrew.

»Keine Ahnung«, erwiderte Pashak. »Er schneidet etwas mit dem Messer. Er macht einen Knoten. Agawan hilft ihm. Was machen sie bloß? – Ha, jetzt weiß ich's«, rief Pashak und sprang so begeistert auf, daß er beinah das armselige Schutzdach mitriß. »Sie haben Pfeil und Bogen! Andruuu, Andruuu, dein Traum ist wahr geworden.«

»Meinst du, sie wollen uns erschießen?« sagte Andrew höhnisch.

»Nein, nein. Paß mal auf. Sie werden versuchen, einen Pfeil herüberzuschießen.«

Sie sahen, wie Agawan den Bogen hob und Phim ihm einen Pfeil reichte. Agawan spannte den Bogen, zielte und schoß. Der Pfeil flog zu kurz.

»Guck, sie ziehen ihn wieder zurück!« rief Pashak. »Sie haben ihn an eine lange Angelschnur gebunden.«

»Wozu denn das?« fragte Andrew.

»Warte nur. Diesmal schießt Miumskum.«

Sie sahen, wie er den Bogen hob und kraftvoll die Sehne spannte. Der Pfeil schwirrte ab. Klappernd fiel er auf das Felseneiland und blieb in einer Spalte vor Pashaks Füßen stecken.

»Ach«, rief Pashak und drückte den grob geschnitzten Pfeil ans Herz. »Das ist der Pfeil aus deinem Traum, Andruuu. Noch nie im Leben bin ich so glücklich gewesen.«

»Wieso denn?« fragte Andrew.

»Da – schau her«, sagte Pashak. Er griff nach der Angelschnur und wickelte sie vorsichtig über den Ellbogen auf. »Siehst du, was da kommt?« Und wirklich, da schlängelte sich ein dickes Seil aus Seehundsleder durch die Wellen. Es war am Ende der dünnen Angelschnur festgebunden.

»Klar, ich hab's«, rief Andrew und zog das schwere Seil aus dem Wasser.

»Wir wollen es am Baumstamm festbinden«, sagte Pashak. »Ich werde meinen besten Knoten knüpfen. Und dann machst du einen, Andruuu. Wenn unsere Knoten aufgehen, sind wir tot, das ist sicher.«

Als sie das Seil doppelt verknotet hatten, blickten sie erwartungsvoll zum anderen Ufer hinüber. Der alte Miumskum winkte ihnen zu.

»Ich geh zuerst«, sagte Pashak. »Paß gut auf, wie ich es mache. Wenn ich drüben ankomme, machst du es genauso. Hörst du, Andruuu? Wenn ich untergehe – dann – Lebewohl, Andruuu. Dann versuchst du es irgendwie anders.«

Er warf Andrew einen letzten Blick zu, dann hängte er sich mit dem Ellbogen in das Seil, hielt sich mit der anderen Hand fest und stürzte sich in die brausende kalte Flut. Es dauerte gar nicht lange, bis er drüben ankam. Sango reichte Pashak die Hand und zog ihn sicher ans Ufer.

Andrew stand schon mit einem Fuß im Wasser, aber er kehrte noch einmal um. Schnell raffte er die sechzehn Otterfelle zu einem lockeren Bündel zusammen, verschnürte es mit der dünnen Angelschnur und nahm das lose Ende der Leine zwischen die Zähne. Dann schlug er seinen Arm um das Lederseil und hangelte sich genau wie Pashak, Hand über Hand, durch den tosenden Sturzbach. Die Angst gab seinen Muskeln neue Kraft, und Sekunden später erreichte auch er das sichere Ufer. Agawan und Sango zogen ihn aus der eisigen Flut.

»Was hast du da im Mund?« fragte Pashak.

»Die Angelschnur«, sagte Andrew.

»Wozu denn diese alte Angelschnur?« fragte Phim.

»Paß nur auf, gleich wirst du's sehen«, keuchte Andrew.

Als Phim das schwarze Fellbündel durch die tanzenden Wirbel zog, ließ Pashak sich auf den Boden fallen und lachte, bis ihm Tränen über die Wangen liefen.

»Andruuu, ich weiß nicht, ob wir es schaffen werden, einen ›wahren Menschen‹ aus dir zu machen. Aber ich sehe, daß du ein echter schottischer Pelzhändler wirst.«

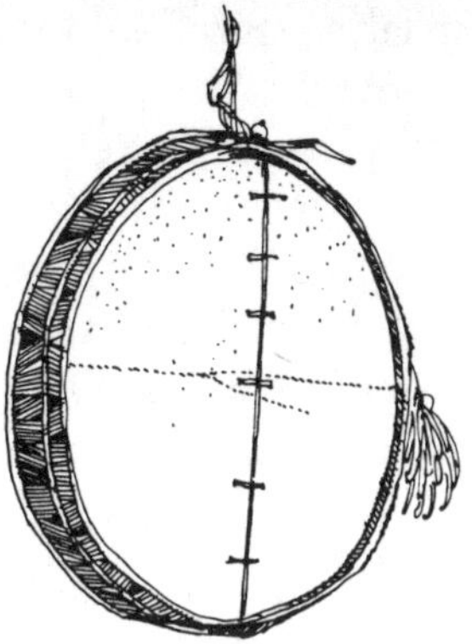

Andrews Entscheidung

Am Ufer brannte ein loderndes Reisigfeuer. Phim und Piwas halfen den beiden, ihre nassen Sachen auszuziehen, und wickelten sie in warme Wolldecken ein. Sie zitterten noch immer. Die Kälte war ihnen bis ins Mark gedrungen.

»Was wird da gebaut?« fragte Andrew und deutete auf die kleine Hütte, die Osken und Wapen aus Tundragras und Moosbrocken aufrichteten.

»Hoffentlich eine Schwitzhütte«, sagte Pashak zitternd. »Ich kann gar nicht mehr aufhören, mit den Zähnen zu klappern.«

»Fertig«, rief Phim. »Und jetzt schnell hinein mit euch beiden!«

Andrew folgte Pashak, der am Eingang der Schwitzhütte seine Decke fallen ließ. Phim reichte ihnen einen Kessel voll Wasser herein.

»Hier ist's aber heiß und dunkel«, sagte Andrew und schnappte nach Luft.

»Warte nur, gleich wird's noch besser«, sagte Pashak und goß Wasser auf die rußgeschwärzten Steine in der Mitte der Hütte. Eine brodelnde Dampfwolke stieg auf und hüllte alles in wabernde Wärme.

»Achtung, jetzt noch einmal«, sagte Pashak und spritzte noch mehr Wasser auf die glühenden Steine.

Jetzt war so viel Dampf in der Schwitzhütte, daß die beiden sich kaum noch erkennen konnten.

»Ein wunderbares Gefühl«, seufzte Andrew. Er setzte sich auf ein Holzscheit und ließ die heilende Wärme in sich eindringen.

Pashak reckte die Arme. »Ich habe die Tage und Nächte auf diesem kalten nassen Felsen schon beinah vergessen. Welch ein Glück, in Sicherheit und am Leben zu sein. Ich frage mich nur – wie haben sie uns gefunden?«

Nachdem sie sich vor der Schwitzhütte abgerubbelt und ihre am Feuer getrockneten Kleider angezogen hatten, setzten sie sich zu den anderen.

»Phim und Wapen haben euch gerettet«, sagte Agawan. Und dann erzählten sie:

»Kurz nachdem ihr auf dem geraden schnellen Flußarm losgefahren wart, beschlossen Miumskum und Agawan, mit unseren Kanus den gewundenen Flußarm hinunterzupaddeln. Aber auch der schoß viel zu schnell dahin. In der dritten Nacht bauten wir am Ufer unser Zelt auf und schliefen. Als wir aufwachten, war es windstill, und wir hörten ein fernes Brausen. ›Was ist das für ein Geräusch?‹ fragte Wapen.

›Vielleicht ein Wasserfall‹, meinte Miumskum. ›Der gerade Flußarm ist ganz in der Nähe.‹

Pashaks Schwestern machten sich Sorgen. Sie flehten uns an, im Camp zu warten, während sie hinlaufen und nachsehen wollten. Sie hatten Angst, es könnte euch etwas passiert sein. Schließlich beschlossen wir, alle hinzugehen.«

Jetzt mischte Agawan sich ein: »Ich dachte, daß Miumskum und Wapen noch zu schwach wären, um eine lange Fußwanderung zu machen. Darum ging ich mit Piwas voraus. Sango und Phim und die Kinder folgten. Wir zogen die Kanus aufs Ufer und trennten uns von den anderen. So wanderten wir über das Land. Es war gar nicht weit.

Als wir hier ankamen, sahen wir, daß das Brausen, das wir gehört hatten, kein Wasserfall war. Wir sahen die Felseninsel in der tosenden Flut. Phim war die erste, die euch beide entdeckte. Und dann kamen auch Miumskum und Wapen. Den Rest wißt ihr ja.«

Nachdem Pashak und Andrew sich satt gegessen hatten, fragte Agawan: »Fühlt ihr euch stark genug? Dann laßt uns gleich aufbrechen. Wir könnten unser Camp erreichen, bevor das Wetter umschlägt.«

Pashak und Andrew mußten sich tüchtig anstrengen, um auf ihren steifen Beinen mit den anderen Schritt zu halten. Phim trug die sechzehn Otterfelle, die sie am Feuer getrocknet hatte. Einige waren ein bißchen versengt, aber die meisten hatten noch immer glänzende Haare.

In Miumskums Camp angekommen, aßen sie tüchtig und legten sich schlafen. Diesmal träumte Andrew, daß eine schöne junge Frau mit einem Pfeil auf ihn zielte. Als sie ihn abschoß, verwandelte der Pfeil sich in einen wunderbaren bunten Vogel, der hoch über seinem Kopf zur Sonne schwebte.

Andrew wachte auf und mußte an seine Schwester und an seine Eltern denken. Wie gut, daß sie nicht hungern müssen, dachte er.

Sie packten ihre Sachen in die Kanus und fuhren zeitig los. Diesmal erzählte Andrew nichts von seinem Traum. Er fürchtete, daß der alte Miumskum es hören und ihm die Deutung seines Traumes verraten könnte.

Die vier Kanus lagen tief im Wasser, denn alle mußten zusammenrücken, damit auch Pashak und Andrew Platz fanden.

Andrew wunderte sich, daß die Erwachsenen keine Anstalten machten, die Kanus zu paddeln. Sie lehnten sich gemütlich zurück, lachten und schwatzten und überließen den Kindern die ganze Arbeit. Am Abend, als sie an Land gingen und die Kinder und Frauen die Zelte aufbauten, fragte Andrew, warum die Kleinen sich so plagen mußten.

»Wieso? Nur wenn sie Kanus paddeln, Wasser schleppen, Feuer machen und die Zelte aufbauen, können sie etwas lernen. Auf diese Weise werden bei unserem Volk die Kinder unterrichtet. Bei uns müssen Jungen und Mädchen lernen, ihren Eltern zu helfen. Ist das in deinem Land nicht genauso, Andruuu?«

»Vor langer Zeit war es so«, sagte Andrew. »Aber jetzt, glaub ich, hat sich vieles verändert.«

»Auch bei uns ändert sich vieles«, sagte Pashak. »Mein Großvater Natiwapio und Miumskum und Agawan – alle sagen, es gefällt ihnen nicht, wie schnell sich alles verändert. Gestern abend sagte Miumskum, daß die weißen Männer neuerdings am liebsten auf schnellen geraden Flüssen rasen und alles zerstören. Wir, die ›wahren Menschen‹, fahren lieber auf dem langsamen, gewundenen Fluß. Ist das nicht viel schöner?« fragte er und streckte die Hand nach dem Ufer aus, das im saftigen Grün der Rentierflechte leuchtete.

Ja, die ganze Welt schien zu neuem Leben erwacht. Der Schnee war geschmolzen, und das Land grünte unter den warmen Strahlen der Frühlingssonne. Ein großer Schwarm Schneegänse stob flatternd in die Luft, sie kreisten über dem Wasser und riefen ihre Gefährten, bevor sie in loser Keilformation nach Norden schwebten – zu ihren arktischen Nistplätzen.

»Wir, die ›wahren Menschen‹, sind wie diese Gänse«, sagte Pashak. »Wenn es Herbst wird, wandern wir nach Süden, um in den Wäldern unsere Winternahrung zu suchen. Wenn der Frühling kommt, kehren wir in die Tundra zurück, um unsere Pelze einzutauschen und alle unsere Verwandten wiederzusehen, um mit ihnen gemeinsam zu schmausen und zu tanzen und um Gefährten für unsere jungen Leute zu finden. Wir singen die alten Lieder und erzählen die seltsamen Geschichten, die uns passiert sind. Wir schnattern miteinander – wie diese Gänse.«

Den ganzen folgenden Tag lag Andrew faul im Kanu und beobachtete das Spiel der rotbäuchigen Forellen, die aus dem Wasser sprangen und nach Fliegen schnappten.

Er beobachtete die Vögel und Tiere an den Ufern des ruhig dahinfließenden Stromes, der sich durch viele Windungen nach Norden schlängelte – der nebelverhangenen Weite der Ungava Bay entgegen.

Früh schlugen sie diesmal ihr Camp auf. Während die Kinder den Frauen halfen, ein großes Feuer unter freiem Himmel zu machen, legten die Männer eine Fischreuse aus. Es wurde gerade dunkel, da sahen sie den Bug eines Kanus in den Lichtschein des Feuers gleiten.

»Es ist Cut Cheek«, kreischten die Kinder und versteckten sich hinter ihren Eltern, als sie die unheimlichen Symbole von Drachen, Monden und Sternen erblickten, mit denen die Seitenwände des Kanus verziert waren. So kam es, daß sie auf dem Heimweg nach Fort Chimo wieder mit dem Schamanen zusammentrafen.

Als sie am nächsten Morgen weiterpaddelten, hatten sie Rückenwind. Falls die Brise anhielt, sagte Agawan, würden sie noch an diesem Abend das Ziel ihrer Fahrt erreichen.

Diesmal halfen Pashak und Andrew und auch die anderen Erwachsenen den Kindern zu paddeln, denn sie konnten die Ankunft nicht erwarten. Als die Sonne über der fernen Tundra versank, glitten sie um die letzte Flußbiegung – und vor ihnen, auf dem rechten Ufer, lag Fort Chimo.

Der alte Miumskum hob das Gewehr und feuerte einen Schuß in die Luft. Agawan lachte und ließ ebenfalls sein Gewehr krachen. Andrew bemerkte verwundert, daß Cut Cheek schon hier an Land ging. Er scheuerte die magischen Symbole vom Bug seines Kanus und vertauschte seinen wild bemalten Zaubermantel gegen eine einfache Jacke.

»Warum macht er das?« rief Andrew.

»Die weißen Männer glauben nicht an Magie«, sagte Pashak. »Unsere Zaubermänner machen sie nervös. Du solltest auch lieber nicht erzählen, daß du unsere Rettung durch Pfeil und Bogen im Traum gesehen hast. Die weißen Männer wollen nicht, daß man über solche Dinge spricht.«

Als Cut Cheek sie wieder eingeholt hatte, war die Bemalung aus seinem Gesicht verschwunden, und jetzt sah er wie ein ganz gewöhnlicher Naskapijäger aus.

»Seht nur!« rief Phim.

Über dem Fort stieg eine weiße Rauchwolke auf, die langsam über dem Fluß ausrollte. Kurz danach hörten sie ein dröhnendes Echo.

»Sie haben uns gesehen«, rief Phim. »Sie haben die große Kanone abgefeuert. Jetzt sind alle auf den Beinen. Seht nur, sie rennen zur Landungsbrücke, um unsere Kanus landen zu sehen.«

»Hör auf zu paddeln, Andruuu«, rief Pashak. »Gib dein Paddel dem kleinen Mädchen. Es schickt sich nicht für erwachsene Männer, nach Fort Chimo zu paddeln. Streck dich aus, genieße die Landschaft und den Anblick des Forts. So etwas haben wir seit sieben Monaten nicht mehr gesehen!«

An der Landungsbrücke waren mindestens sechzig Männer, Frauen und Kinder zusammengelaufen, um sie zu begrüßen. Andrew erkannte zuerst Natiwapio, Pashaks Großvater, der alle anderen überragte. Dann sah er Nakasuk, den Eskimo, und viele seiner Verwandten –

alle mit ihren Seehundsfellstiefeln und ihren spitzen weißen Mützen. Vom Haus des Faktors kam der alte Dougal angelaufen. Er trug seine beste rote Baskenmütze auf dem Kopf. Andrew sah Pashaks Mutter und viele lächelnde Gesichter, die er wiedererkannte. Auch sie waren von ihren Wanderungen durchs Binnenland zum Handelsposten zurückgekehrt. Es war wie Nachhausekommen.

Als Andrew sich aus dem Kanu schwang und seine Beine streckte, hörte er eine altvertraute Stimme: »Wie gut, euch alle munter und lebendig wiederzusehen!«

Es war Alistair McFee, der Faktor, der allen breit grinsend die Hand schüttelte.

»Wir haben den Außenposten nicht fertig gebaut, Sir. Und ich habe fast alle Pelze verloren. Wir . . .«

»Ach, mach dir nichts draus, Andrew Stewart«, sagte der Faktor. »Mir ist es lieber, daß ihr alle – du und Pashak und die anderen Familien – sicher nach Hause zurückgekehrt seid. Nach allem, was ich über die furchtbare Hungersnot im Inland erfahren habe, ist es ein Wunder, daß ihr noch lebt. Ich habe zwei Packträger mit Nahrung zum Geistersee geschickt, aber ihr wart verschwunden, und eure Spuren waren im Schnee verweht. Sie haben euch nicht gefunden, und wir in Fort Chimo haben das Schlimmste befürchtet. Aber jetzt ist alles überstanden.«

»Ich habe nur dieses eine Bündel Otterfelle«, sagte Andrew.

»Gar nicht schlecht«, antwortete der Faktor. »Die Preise für Otterpelz sind dieses Jahr himmelhoch gestiegen. Das haben wir über Funk aus Montreal erfahren. Ach ja, und wir haben erfahren, daß Georges Rücken wieder gesund ist. Aber er will jetzt lieber weiter auf die Schule gehen.

»Sehr gut«, sagte Pashak. »Aber morgen, wenn Andrew in den Laden kommt, haben wir eine große Überraschung für ihn.« Mehr verriet er nicht, er ging glücklich mit seiner Familie davon.

Im Haus des Faktors verspeiste Andrew ein gewaltiges Abendbrot und hörte sich die vielen Neuigkeiten des langen Winters an. Als er sich dann ins Bett legte, glaubte er in den weichen Federn zu versinken, und es war ihm so heiß, daß er nicht einschlafen konnte. Schließlich kletterte er aus dem Bett, wickelte sich in seine dicke Wolldecke und legte sich auf der harten Erde schlafen.

Es klopfte ans Fenster, und Andrew erwachte. Zuerst konnte er sich nicht erinnern, wo er war.

»Andruuu, warum schläfst du auf der Erde? Versuchst du, ein ›wahrer Mensch‹ zu werden? Hast du es vielleicht für immer aufgegeben, im weichen Bett des weißen Mannes zu schlafen?«

Andrew stand auf und schaute aus dem Fenster. Da stand Pashak. Er hatte eine farbenprächtige neue Mütze auf, die seine Mutter ihm genäht hatte.

»Komm mit«, sagte er und deutete auf seine Mütze. »Sie hat auch für dich eine gemacht. Du kriegst sie später. Mein Großvater hat uns allen etwas Wichtiges zu sagen. Dir auch. Mach schnell!« rief Pashak, während Andrew sich anzog.

Im Zelt von Pashaks Familie waren viele Menschen versammelt. Pashak übersetzte für Andrew, was sein Großvater Natiwapio sagte:

»Wir, die ›wahren Menschen‹, haben einen langen,

schweren Winter gesehen. Nicht alle sind am Leben geblieben. Wir haben Glück gehabt. Das Vergangene ist vergangen. Seid dankbar, alle, die ihr noch Atem habt.

Wir sind wie die heiligen Tiere, die uns ihr Fleisch schenken, damit wir leben dürfen. Wir werden geboren, und unsere Eltern sorgen für uns, bis sie alt werden. Dann erwidern die Kinder alle Freundlichkeit ihrer Eltern und ihrer alten Verwandten, indem sie für sie sorgen. So ist unser Leben. Wir sind wie der Mond, der als dünner Lichtstreif am Himmel geboren wird, langsam zu einem strahlenden Vollmond heranwächst und dann älter wird und verschwindet, um wiedergeboren zu werden wie ein Kind, das zur Welt kommt und an Gesicht und Gestalt seinen Vorfahren gleicht. Und doch weiß das neugeborene Kind nichts von seiner Vergangenheit.«

Pashak hatte seinem Freund die Worte des Alten übersetzt und erklärt.

»So habe ich noch nie über das Leben nachgedacht«, sagte Andrew. »Ich werde nie vergessen, was Natiwapio gesagt hat.«

»Meine Familie bittet dich, heute nacht wie ein Sohn bei uns zu schlafen. Meine Mutter sagt, sie möchte dich dabehalten, weil sie weiß, daß du uns bald verlassen wirst, um für deine richtigen Eltern zu sorgen.«

Als Andrew und Pashak in den Laden kamen, sahen sie Alistair McFee in der Ecke stehen. Ein Dutzend Jäger warteten darauf, mit dem Tauschhandel zu beginnen.

»Die Jäger sagen, du hast im Winter viel Glück mit den Fellen gehabt«, sagte Alistair McFee zu Andrew.

»Aber ich sagte Ihnen doch, Sir, daß bei uns alles schief

ging. Wir haben den Außenposten nicht fertig gebaut, und weil ich den dünnen Linien auf der Landkarte mehr glaubte als der Weisheit dieser Menschen, wären Pashak und ich beinahe ertrunken. Unser Kanu ging unter, und ich verlor fünf Pelzballen. Wir haben fast nichts mitgebracht.«

»Das ist nicht wahr«, sagte Pashak. »Diese Männer sagen alle, daß wir ihre Jagdgenossen waren – die Packträger und auch die Männer von Agawans und Miumskums Familien. Dies ist unser Anteil an der Beute dieses Winters, sagen sie.«

Lachend häuften die Jäger einen Berg Felle auf den Boden.

»Ihr habt nicht versagt«, sagte der Faktor zu Andrew. »Ihr habt am Geistersee einen Vorrat von Tauschwaren angelegt, genau wie ihr es versprochen hattet. Du hast genug verdient, Andrew, um diesen Sommer deine Rückreise in den Süden zu bezahlen. Schätze, nach diesem harten Winter, den du durchgemacht hast, wirst du gerne wieder in die Schule gehen.«

»Nein, Sir«, sagte Andrew. »Ich fühle mich noch nicht bereit, wieder in die Schule zu gehen. Besonders nicht heute morgen. Ich bin all diesen *Nenenat* Pelze schuldig. Und sie haben mich gelehrt, im Inland zu leben und zu überleben. Wenn Pashak bereit ist ... und wenn Sie es uns erlauben ... wollen wir wieder hinausgehen, im Winter, wenn der Fluß gefroren ist, und den Außenposten am Geistersee fertigbauen. Und ich will alle meine Schulden zurückzahlen.«

»Andruuu, du hast keine Schulden bei uns«, lachte Pashak. »Die ›wahren Menschen‹ denken nicht so.«

Am Nachmittag schrieb Andrew einen langen Brief an seine Eltern. Das Schiff würde ihn befördern, wenn es auf seiner langen Sommerreise auch den Handelsposten besuchte. Er erzählte ihnen von den Abenteuern des Winters im Inland und daß er noch ein zweites Jahr im Norden bleiben wollte, falls sie es ihm erlaubten. Im nächsten Sommer, so schrieb er, würde er nach Hause kommen und im Herbst wieder in die Schule gehen. Andrew wußte, daß dieser Vorschlag seinen Eltern gefallen würde, und er war froh, daß er jetzt einen festen Plan hatte.

Mitte Juni stiegen aus den Sümpfen hinter dem Fort die sirrenden Schwärme der Mücken auf – ein Zeichen für den eigentlichen Anfang des kurzen arktischen Sommers. Das Frachtschiff kam und brachte aus Neufundland einen neuen Lehrling mit. Pashak und Andrew brachten ihm alles bei, was sie wußten. Jeden Tag bemühte sich Andrew, die Naskapi-Sprache zu lernen. Viele halfen ihm dabei.

Mit dem Herbstmond kehrte der Überfluß wieder. Die Männer brachten jetzt frisches Karibufleisch und fette Gänse und silbrige Lachse nach Hause, und die ›wahren Menschen‹ feierten ein großes Fest mit Trommeln und Singen und Lachen und Schmausen, und alle aßen, bis sie beinahe platzten. Auf dem Höhepunkt des Festgelages schenkte Pashaks Mutter Andrew eine wunderschöne bunte Mütze.

»Meine Mutter sagt, daß meine Familie dich als Sohn adoptieren will«, erklärte Pashak. »Du wirst mein Bruder sein, und Wapen und Phim werden deine Schwestern sein. Wir alle werden eine Familie sein. Mein Großvater gibt dir einen neuen Namen: *Miam T'chin.* Das heißt ›guter Mann‹.«

Andrew dankte seiner neuen Mutter und seinem Großvater. Seine Hände zitterten vor Freude und Aufregung, als er sich die bunte Mütze auf den Kopf setzte.

»Unser Großvater wird ein Lied singen, das er für dich gemacht hat«, sagte Pashak. »Und während er singt, wird meine Mutter dich füttern.«

Mit hoher, zittriger Stimme begann der Alte zu singen. Jedesmal, wenn er Andrews Namen aussprach, schlug er die Trommel.

Ich habe einen Enkel, einen guten Mann
mit Namen Miam T'chin.
Das Blut meiner Adern fließt zu
Meinem neuen Sohn Miam T'chin.
Ich habe einen guten Sohn, der mit anderen teilt,
Mein guter Sohn Miam T'chin.
Ich habe einen Sohn, der den stürmischen Fluß
respektiert,
Mein kluger Sohn Miam T'chin.
Ich habe einen Sohn, der die Tiere singen hört,
O ja, er hört ihr heiliges Singen,
Mein Enkelsohn Miam T'chin.

Als die Adoptionszeremonie vorbei war, stand Andrew auf und lief hinaus, ohne nach links oder rechts zu sehen. Allein wanderte er am Flußufer entlang. Der Herbst war gekommen, und es wurde wieder dunkel in der Nacht. Am südwestlichen Himmel sah Andrew den Hundsstern wie eine helle Kerze in der Finsternis flackern. Hoch über ihm leuchteten die Nordlichter auf und tasteten mit langen bleichen Fingern nach der Erde. Im Süden verlor sich der Blick in den dunklen Tiefen der Tundra, während die *Korona Borealis* am Himmel strahlte und sich zugleich im Wasser des Flusses spiegelte.

Weit draußen im Binnenland hörte Andrew einen Wolf heulen. Einsam und klagend stieg sein Gesang zum Himmel. Andrew holte tief Luft. Er schauderte vor Freude und schlang die Arme um seine Schultern.

Aus dem Zelt der Naskapi drangen das dumpfe Pochen der Trommel und die fröhlichen Stimmen der Men-

schen. Und als dann die Wölfe heulten, als alle diese so unterschiedlichen Klänge sich vermischten, da schien es Andrew, als ob Menschen und Wölfe einander etwas zurufen wollten. Als ob sie miteinander sprechen wollten, als ob die Sprache aller Tiere und aller Menschen ein Teil dieses Landes geworden wären und alle zusammengehörten. Andrew warf glücklich die Arme empor. Er spürte, daß auch er dazugehörte und ein Teil dieser wunderbaren Welt geworden war.

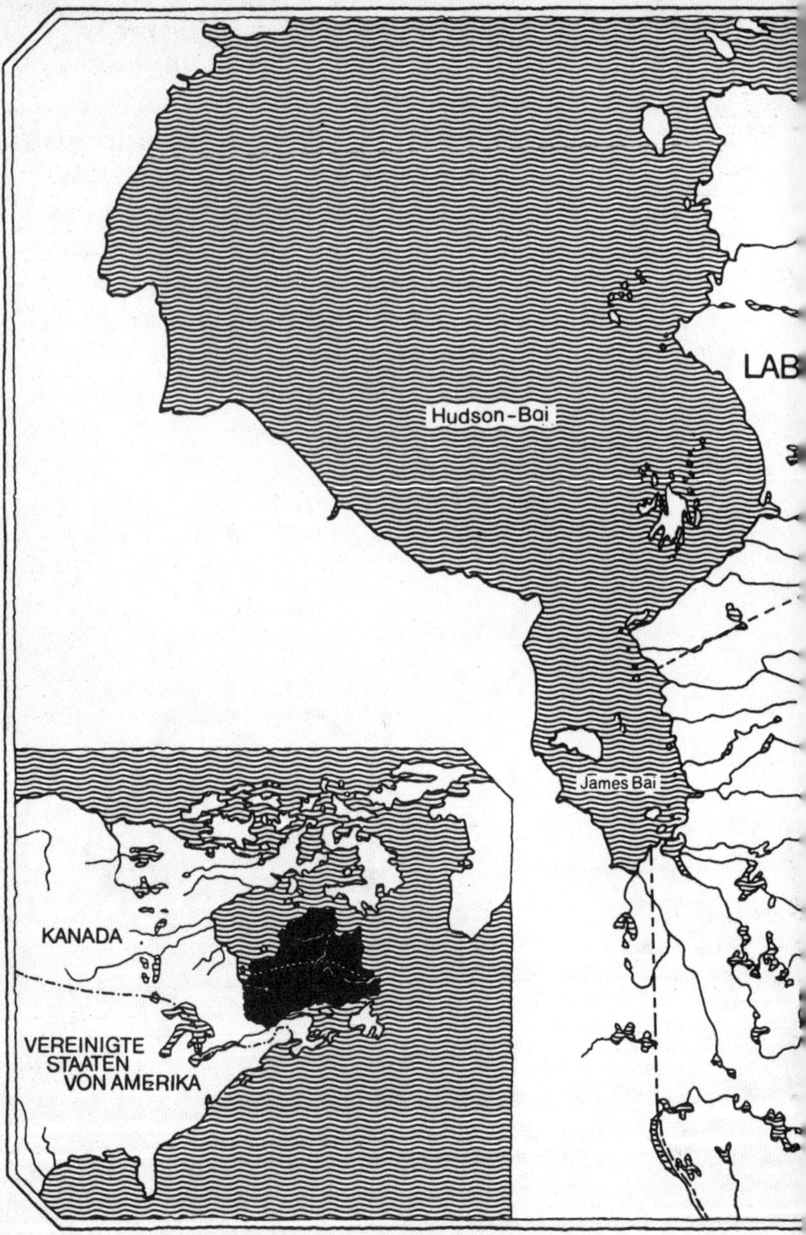

Hudson-Bai
LAB
James Bai
KANADA
VEREINIGTE
STAATEN
VON AMERIKA

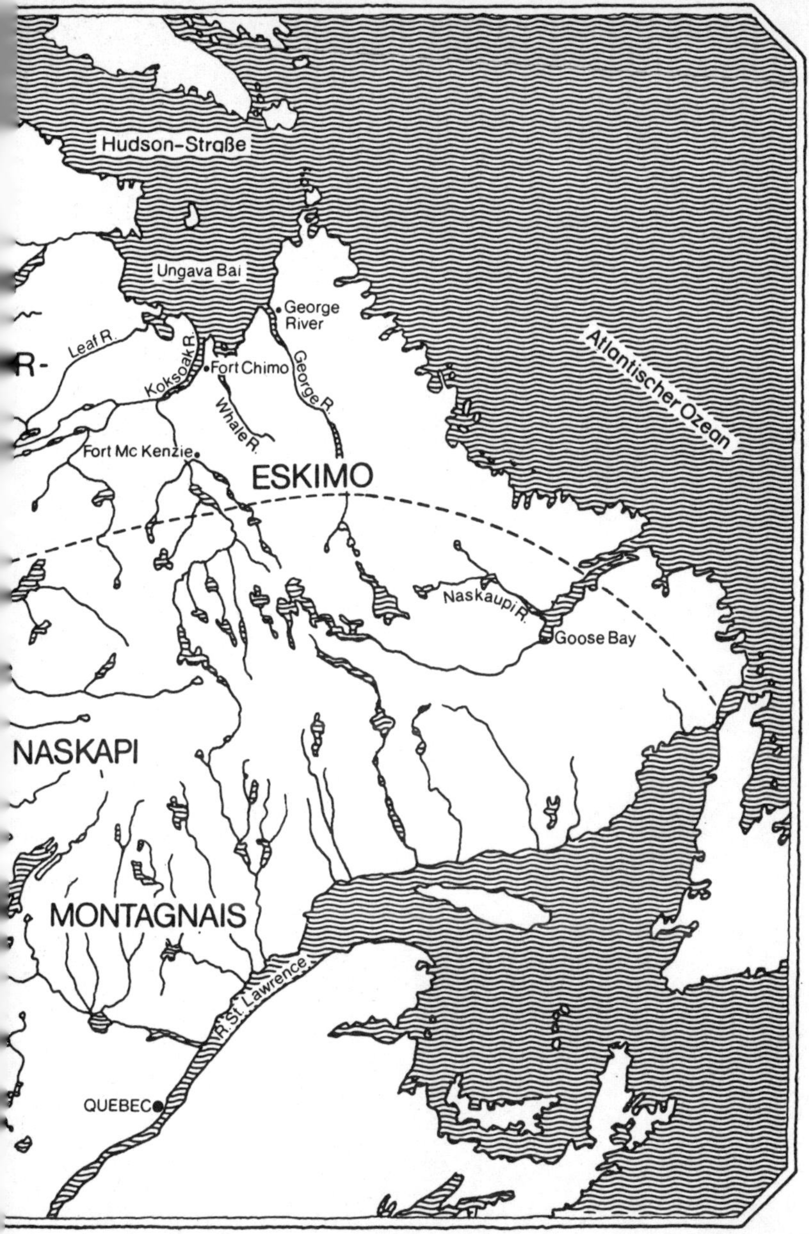
Hudson-Straße
Ungava Bai
George River
Leaf R.
R-
Koksoak R.
Fort Chimo
George R.
Whale R.
Atlantischer Ozean
Fort Mc Kenzie
ESKIMO
Naskaupi R.
Goose Bay
NASKAPI
MONTAGNAIS
R. St. Lawrence
QUEBEC